O homem que sabia javanês e outros contos

Lima Barreto

Equipe DCL – Difusão Cultural do Livro

DIRETOR EDITORIAL: Raul Maia

Equipe Eureka Soluções Pedagógicas

REVISÃO DE TEXTOS: Joana Carda Soluções Editoriais

Texto em conformidade com as novas regras ortográficas do Acordo da Língua Portuguesa

Dados Internacionais de Catalogação na Publicação (CIP)
(Câmara Brasileira do Livro, SP, Brasil)

Barreto, Lima, 1881-1922.
O homem que sabia javanês e outros contos / Lima Barreto. -- 1. ed. -- São Paulo : DCL, 2013. -- (Clássicos literários)

ISBN 978-85-368-1679-1

1. Contos brasileiros I. Título. II. Série.

13-03578 CDD-869.93

Índices para catálogo sistemático:

1. Contos : Literatura brasileira 869.93

Impresso na Índia

Editora DCL – Difusão Cultural do Livro
(11) 3932-5222
www.editoradcl.com.br

Sumário

O homem que sabia javanês

Em uma confeitaria, certa vez, ao meu amigo Castro, contava eu as partidas que havia pregado às convicções e às respeitabilidades, para poder viver.

Houve mesmo, uma dada ocasião, quando estive em Manaus, em que fui obrigado a esconder a minha qualidade de bacharel, para mais confiança obter dos clientes, que afluíam ao meu escritório de feiticeiro e adivinho. Contava eu isso.

O meu amigo ouvia-me calado, embevecido, gostando daquele meu Gil Blas vivido, até que, em uma pausa da conversa, ao esgotarmos os copos, observou a esmo:

– Tens levado uma vida bem engraçada, Castelo !

– Só assim se pode viver... Isto de uma ocupação única: sair de casa a certas horas, voltar a outras, aborrece, não achas? Não sei como me tenho aguentado lá, no consulado!

– Cansa-se; mas, não é disso que me admiro. O que me admira, é que tenhas corrido tantas aventuras aqui, neste Brasil imbecil e burocrático.

– Qual! Aqui mesmo, meu caro Castro, se podem arranjar belas páginas de vida. Imagina tu que eu já fui professor de javanês!

– Quando? Aqui, depois que voltaste do consulado?

– Não; antes. E, por sinal, fui nomeado cônsul por isso.

– Conta lá como foi. Bebes mais cerveja?

– Bebo.

Mandamos buscar mais outra garrafa, enchemos os copos, e continuei:

– Eu tinha chegado havia pouco ao Rio estava literalmente na miséria. Vivia fugido de casa de pensão em casa de pensão, sem saber onde e como ganhar dinheiro, quando li no Jornal do Comércio o anúncio seguinte:

"Precisa-se de um professor de língua javanesa. Cartas, etc." Ora, disse cá comigo, está ali uma colocação que não terá muitos concorrentes; se eu capiscasse quatro palavras, ia apresentar-me. Saí do café e andei pelas ruas, sempre a imaginar-me professor de javanês, ganhando dinheiro, andando de bonde e sem encontros desagradáveis com os "cadáveres". Insensivelmente dirigi-me à Biblioteca Nacional. Não sabia bem que livro iria pedir; mas, entrei, entreguei o chapéu ao porteiro, recebi a senha e subi. Na escada, acudiu-me pedir a *Grande Encyclopédie*, letra J, a fim de consultar o artigo relativo a Java e a língua javanesa. Dito e feito. Fiquei sabendo, ao fim de alguns minutos, que Java era uma grande ilha do arquipélago de Sonda, colônia holandesa, e o javanês, língua aglutinante do grupo maleo-

-polinésico, possuía uma literatura digna de nota e escrita em caracteres derivados do velho alfabeto hindu.

A *Encyclopédie* dava-me indicação de trabalhos sobre a tal língua malaia e não tive dúvidas em consultar um deles. Copiei o alfabeto, a sua pronunciação figurada e saí. Andei pelas ruas, perambulando e mastigando letras. Na minha cabeça dançavam hieróglifos; de quando em quando consultava as minhas notas; entrava nos jardins e escrevia estes calungas na areia para guardá-los bem na memória e habituar a mão a escrevê-los.

À noite, quando pude entrar em casa sem ser visto, para evitar indiscretas perguntas do encarregado, ainda continuei no quarto a engolir o meu "a-b-c" malaio, e, com tanto afinco levei o propósito que, de manhã, o sabia perfeitamente.

Convenci-me que aquela era a língua mais fácil do mundo e saí; mas não tão cedo que não me encontrasse com o encarregado dos aluguéis dos cômodos:

– Senhor Castelo, quando salda a sua conta?

Respondi-lhe então eu, com a mais encantadora esperança:

– Breve... Espere um pouco... Tenha paciência... Vou ser nomeado professor de javanês, e...

Por aí o homem interrompeu-me:

– Que diabo vem a ser isso, Senhor Castelo?

Gostei da diversão e ataquei o patriotismo do homem:

– É uma língua que se fala lá pelas bandas do Timor. Sabe onde é?

Oh! alma ingênua! O homem esqueceu-se da minha dívida e disse-me com aquele falar forte dos portugueses:

– Eu cá por mim, não sei bem; mas ouvi dizer que são umas terras que temos lá para os lados de Macau. E o senhor sabe isso, Senhor Castelo?

Animado com esta saída feliz que me deu o javanês, voltei a procurar o anúncio. Lá estava ele. Resolvi animosamente propor-me ao professorado do idioma oceânico. Redigi a resposta, passei pelo Jornal e lá deixei a carta. Em seguida, voltei à biblioteca e continuei os meus estudos de javanês. Não fiz grandes progressos nesse dia, não sei se por julgar o alfabeto javanês o único saber necessário a um professor de língua malaia ou se por ter me empenhado mais na bibliografia e história literária do idioma que ia ensinar.

Ao cabo de dois dias, recebia eu uma carta para ir falar ao doutor Manuel Feliciano Soares Albernaz, Barão de Jacuecanga, à Rua Conde de Bonfim, não me recordo bem que número. É preciso não te esqueceres que entrementes continuei estudando o meu malaio, isto é, o tal javanês. Além do alfabeto, fiquei sabendo o nome de alguns autores, também perguntar e responder "como está o senhor?" – e duas ou três regras de gramática, lastrado todo esse saber com vinte palavras do léxico.

Não imaginas as grandes dificuldades com que lutei, para arranjar os quatrocentos réis da viagem! É mais fácil – podes ficar certo – aprender o javanês... Fui a pé. Cheguei suadíssimo; e, com maternal carinho, as anosas mangueiras, que se perfilavam em alameda diante da casa do titular, me receberam, me acolheram e me reconfortaram. Em toda a minha vida, foi o único momento em que cheguei a sentir a simpatia da natureza...

Era uma casa enorme que parecia estar deserta; estava mal tratada, mas não sei porque me veio pensar que nesse mau tratamento havia mais desleixo e cansaço de viver que mesmo pobreza. Devia haver anos que não era pintada. As paredes descascavam e os beirais do telhado, daquelas telhas vidradas de outros tempos, estavam desguarnecidos aqui e ali, como dentaduras decadentes ou mal cuidadas.

Olhei um pouco o jardim e vi a pujança vingativa com que a tiririca e o carrapicho tinham expulsado os tinhorões e as begônias. Os crótons continuavam, porém, a viver com a sua folhagem de cores mortiças.

Bati. Custaram-me a abrir. Veio, por fim, um antigo preto africano, cujas barbas e cabelo de algodão davam à sua fisionomia uma aguda impressão de velhice, doçura e sofrimento.

Na sala, havia uma galeria de retratos: arrogantes senhores de barba em colar se perfilavam enquadrados em imensas molduras douradas, e doces perfis de senhoras, em bandós, com grandes leques, pareciam querer subir aos ares, enfunadas pelos redondos vestidos à balão; mas, daquelas velhas coisas, sobre as quais a poeira punha mais antiguidade e respeito, a que gostei mais de ver foi um belo jarrão de porcelana da China ou da Índia, como se diz. Aquela pureza da louça, a sua fragilidade, a ingenuidade do desenho e aquele seu fosco brilho de luar, diziam-me a mim que aquele objeto tinha sido feito por mãos de criança, a sonhar, para encanto dos olhos fatigados dos velhos desiludidos...

Esperei um instante o dono da casa. Tardou um pouco. Um tanto trôpego, com o lenço de alcobaça na mão, tomando veneravelmente o simonte de antanho, foi cheio de respeito que o vi chegar. Tive vontade de ir-me embora. Mesmo se não fosse ele o discípulo, era sempre um crime mistificar aquele ancião, cuja velhice trazia à tona do meu pensamento alguma coisa de augusto, de sagrado. Hesitei, mas fiquei.

– Eu sou, avancei, o professor de javanês, que o senhor disse precisar.

– Sente-se, respondeu-me o velho. O senhor é daqui, do Rio?

– Não, sou de Canavieiras.

– Como? fez ele. Fale um pouco alto, que sou surdo.

– Sou de Canavieiras, na Bahia, insisti eu.

– Onde fez os seus estudos?

– Em São Salvador.

– E onde aprendeu o javanês? indagou ele, com aquela teimosia peculiar aos velhos.

Não contava com essa pergunta, mas imediatamente arquitetei uma mentira. Contei-lhe que meu pai era javanês. Tripulante de um navio mercante, viera ter à Bahia, estabelecera-se nas proximidades de Canavieiras como pescador, casara, prosperara e fora com ele que aprendi javanês.

– E ele acreditou? E o físico? perguntou meu amigo, que até então me ouvira calado.

– Não sou, objetei, lá muito diferente de um javanês. Estes meus cabelos corridos, duros e grossos e a minha pele basané podem dar-me muito bem o aspecto de um mestiço de malaio...Tu sabes bem que, entre nós, há de tudo: índios, malaios, taitianos, malgaches, guanches, até godos. É uma comparsaria de raças e tipos de fazer inveja ao mundo inteiro.

– Bem, fez o meu amigo, continua.

– O velho, emendei eu, ouviu-me atentamente, considerou demoradamente o meu físico, pareceu que me julgava de fato filho de malaio e perguntou-me com doçura:

– Então está disposto a ensinar-me javanês?

A resposta saiu-me sem querer:

– Pois não.

– O senhor há de ficar admirado, aduziu o Barão de Jacuecanga, que eu, nesta idade, ainda queira aprender qualquer coisa, mas...

– Não tenho que admirar. Têm-se visto exemplos e exemplos muito fecundos...

– O que eu quero, meu caro senhor....

– Castelo, adiantei eu.

– O que eu quero, meu caro Senhor Castelo, é cumprir um juramento de família. Não sei se o senhor sabe que eu sou neto do Conselheiro Albernaz, aquele que acompanhou Pedro I, quando abdicou. Voltando de Londres, trouxe para aqui um livro em língua esquisita, a que tinha grande estimação. Fora um hindu ou siamês que lho dera, em Londres, em agradecimento a não sei que serviço prestado por meu avô. Ao morrer meu avô, chamou meu pai e lhe disse: "Filho, tenho este livro aqui, escrito em javanês. Disse-me quem mo deu que ele evita desgraças e traz felicidades para quem o tem. Eu não sei nada ao certo. Em todo o caso, guarda-o; mas, se queres que o fado que me deitou o sábio oriental se cumpra, faze com que teu filho o entenda, para que sempre a nossa raça seja feliz." Meu pai, continuou o velho barão, não acreditou muito na história; contudo, guardou o livro. Às portas da morte, ele mo deu e disse-me o que prometera ao pai. Em começo, pouco caso fiz da história do livro. Deitei-o a um canto e fabriquei minha vida. Cheguei até a esquecer-me dele; mas, de uns tempos a esta parte, tenho passado por tanto desgosto, tantas desgraças têm caído sobre a minha velhice que me lembrei do talismã da família. Tenho que o ler, que o compreender, se não quero que os meus últimos dias anunciem o desastre da minha posteridade; e, para entendê-lo, é claro, que preciso entender o javanês. Eis aí.

Calou-se e notei que os olhos do velho se tinham orvalhado. Enxugou discretamente os olhos e perguntou-me se queria ver o tal livro. Respondi-lhe que sim. Chamou o criado, deu-lhe as instruções e explicou-me que perdera todos os filhos, sobrinhos, só lhe restando uma filha casada, cuja prole, porém, estava reduzida a um filho, débil de corpo e de saúde frágil e oscilante.

Veio o livro. Era um velho calhamaço, um in-quarto antigo, encadernado em couro, impresso em grandes letras, em um papel amarelado e grosso. Faltava a folha do rosto e por isso não se podia ler a data da impressão. Tinha ainda umas páginas de prefácio, escritas em inglês, onde li que se tratava das histórias do príncipe Kulanga, escritor javanês de muito mérito.

Logo informei disso o velho barão que, não percebendo que eu tinha chegado aí pelo inglês, ficou tendo em alta consideração o meu saber malaio. Estive ainda folheando o cartapácio, à laia de quem sabe magistralmente aquela espécie de vasconço, até que afinal contratamos as condições de preço e de hora, comprometendo-me a fazer com que ele lesse o tal alfarrábio antes de um ano.

Dentro em pouco, dava a minha primeira lição, mas o velho não foi tão diligente quanto eu. Não conseguia aprender a distinguir e a escrever nem sequer quatro letras. Enfim, com metade do alfabeto levamos um mês e o Senhor Barão de Jacuecanga não ficou lá muito senhor da matéria: aprendia e desaprendia.

A filha e o genro (penso que até aí nada sabiam da história do livro) vieram a ter notícias do estudo do velho; não se incomodaram. Acharam graça e julgaram a coisa boa para distraí-lo.

Mas com o que tu vais ficar assombrado, meu caro Castro, é com a admiração que o genro ficou tendo pelo professor de javanês. Que coisa única! Ele não se cansava de repetir: “É um assombro! Tão moço! Se eu soubesse isso, ah! onde estava!”

O marido de Dona Maria da Glória (assim se chamava a filha do barão), era desembargador, homem relacionado e poderoso; mas não se pejava em mostrar diante de todo o mundo a sua admiração pelo meu javanês. Por outro lado, o barão estava contentíssimo. Ao fim de dois meses, desistira da aprendizagem e pedira-me que lhe traduzisse, um dia sim outro não, um trecho do livro encantado. Bastava entendê-lo, disseme ele; nada se opunha que outrem o traduzisse e ele ouvisse. Assim evitava a fadiga do estudo e cumpria o encargo.

Sabes bem que até hoje nada sei de javanês, mas compus umas histórias bem tolas e impingi-as ao velhote como sendo do crônicon. Como ele ouvia aquelas bobagens!...

Ficava extático, como se estivesse a ouvir palavras de um anjo. E eu crescia aos seus olhos!

Fez-me morar em sua casa, enchia-me de presentes, aumentava-me o ordenado. Passava, enfim, uma vida regalada.

Contribuiu muito para isso o fato de vir ele a receber uma herança de um seu parente esquecido que vivia em Portugal. O bom velho atribuiu a cousa ao meu javanês; e eu estive quase a crê-lo também.

Fui perdendo os remorsos; mas, em todo o caso, sempre tive medo que me aparecesse pela frente alguém que soubesse o tal patuá malaio. E esse meu temor foi grande, quando o doce barão me mandou com uma carta ao Visconde de Caruru, para que me fizesse entrar na diplomacia. Fiz-lhe todas as objeções: a minha fealdade, a falta de elegância, o meu aspecto tagalo. "– Qual! retrucava ele. Vá, menino; você sabe javanês!" Fui. Mandou-me o visconde para a Secretaria dos Estrangeiros com diversas recomendações. Foi um sucesso.

O diretor chamou os chefes de seção: "Vejam só, um homem que sabe javanês – que portento!".

Os chefes de seção levaram-me aos oficiais e amanuenses e houve um destes que me olhou mais com ódio do que com inveja ou admiração. E todos diziam: "Então sabe javanês? É difícil? Não há quem o saiba aqui!"

O tal amanuense, que me olhou com ódio, acudiu então: "É verdade, mas eu sei canaque. O senhor sabe?" Disse-lhe que não e fui à presença do ministro.

A alta autoridade levantou-se, pôs as mãos às cadeiras, consertou o pincenez no nariz e perguntou: "Então, sabe javanês?" Respondi-lhe que sim; e, à sua pergunta onde o tinha aprendido, contei-lhe a história do tal pai javanês. "Bem, disse-me o ministro, o senhor não deve ir para a diplomacia; o seu físico não se presta... O bom seria um consulado na Ásia ou Oceania. Por ora, não há vaga, mas vou fazer uma reforma e o senhor entrará. De hoje em diante, porém, fica adido ao meu ministério e quero que, para o ano, parta para Bâle, onde vai representar o Brasil no Congresso de Linguística. Estude, leia o Hovelacque, o Max Muller, e outros!"

Imagina tu que eu até aí nada sabia de javanês, mas estava empregado e iria representar o Brasil em um congresso de sábios.

O velho barão veio a morrer, passou o livro ao genro para que o fizesse chegar ao neto, quando tivesse a idade conveniente e fez-me uma deixa no testamento.

Pus-me com afã no estudo das línguas maleo-polinésicas; mas não havia meio!

Bem jantado, bem vestido, bem dormido, não tinha energia necessária para fazer entrar na cachola aquelas coisas esquisitas. Comprei livros, assinei revistas: *Revue Anthropologique et Linguistique, Proceedings of the English-Oceanic Association, Archivo Glottologico Italiano*, o diabo, mas nada! E a minha fama crescia. Na rua, os informados apontavam-me, dizendo aos outros: "Lá vai o sujeito que sabe javanês." Nas livrarias, os gramáticos consultavam-me sobre a colocação dos pronomes no tal jargão das ilhas de Sonda. Recebia cartas dos eruditos do interior, os jornais citavam o meu saber e recusei aceitar uma turma de alunos sequiosos de entenderem o tal javanês. A convite da redação, escrevi, no Jornal do Comércio um artigo de quatro colunas sobre a literatura javanesa antiga e moderna...

– Como, se tu nada sabias? interrompeu-me o atento Castro.

– Muito simplesmente: primeiramente, descrevi a ilha de Java, com o auxílio de dicionários e umas poucas de geografias, e depois citei a mais não poder.

– E nunca duvidaram? perguntou-me ainda o meu amigo.

– Nunca. Isto é, uma vez quase fico perdido. A polícia prendeu um sujeito, um marujo, um tipo bronzeado que só falava uma língua esquisita. Chamaram diversos intérpretes, ninguém o entendia. Fui também chamado, com todos os respeitos que a minha sabedoria merecia, naturalmente. Demorei-me em ir, mas fui afinal. O homem já estava solto, graças à intervenção do cônsul holandês, a quem ele se fez compreender com meia dúzia de palavras holandesas. E o tal marujo era javanês – uf!

Chegou, enfim, a época do congresso, e lá fui para a Europa. Que delícia! Assisti à inauguração e às sessões preparatórias. Inscreveram-me na seção do tupi-guarani e eu abalei para Paris. Antes, porém, fiz publicar no Mensageiro de Bâle o meu retrato, notas biográficas e bibliográficas. Quando voltei, o presidente pediu-me desculpas por me ter dado aquela seção; não conhecia os meus trabalhos e julgara que, por ser eu americano brasileiro, me estava naturalmente indicada a seção do tupi-guarani. Aceitei as explicações e até hoje ainda não pude escrever as minhas obras sobre o javanês, para lhe mandar, conforme prometi.

Acabado o congresso, fiz publicar extratos do artigo do Mensageiro de Bâle, em Berlim, em Turim e Paris, onde os leitores de minhas obras me ofereceram um banquete, presidido pelo Senador Gorot. Custou-me toda essa brincadeira, inclusive o banquete que me foi oferecido, cerca de dez mil francos, quase toda a herança do crédulo e bom Barão de Jacuecanga.

Não perdi meu tempo nem meu dinheiro. Passei a ser uma glória nacional e, ao saltar no cais Pharoux, recebi uma ovação de todas as classes sociais e o presidente da república, dias depois, convidava-me para almoçar em sua companhia.

Dentro de seis meses fui despachado cônsul em Havana, onde estive seis anos e para onde voltarei, a fim de aperfeiçoar os meus estudos das línguas da Malaia, Melanésia e Polinésia.

– É fantástico, observou Castro, agarrando o copo de cerveja.

– Olha: se não fosse estar contente, sabes que ia ser?

– Que?

– Bacteriologista eminente. Vamos?

– Vamos.

Gazeta da Tarde – Rio, 28 de abril de 1911.

Três gênios de secretaria

O meu amigo Augusto Machado, de quem acabo de publicar uma pequena brochura aliteratada – *Vida e Morte de M. J. Gonzaga de Sá* – mandou-me algumas notas herdadas por ele desse seu amigo, que, como se sabe, foi oficial da Secretaria dos Cultos. Coordenadas por mim, sem nada por de meu, eu as dou aqui, para a meditação dos leitores:

"ESTAS MINHAS memórias que há dias tento começar, são deveras difíceis de executar, pois se imaginarem que a minha secretaria é de pequeno pessoal e pouco nela se passa de notável, bem avaliarão em que apuros me encontro para dar volume às minhas recordações de velho funcionário. Entretanto, sem recorrer à dificuldade, mas ladeando-a, irei sem preocupar-me com datas nem tampouco me incomodando com a ordem das cousas e fatos, narrando o que me acudir de importante, à proporção de escrevê-las. Ponho-me à obra.

Logo no primeiro dia em que funcionei na secretaria, senti bem que todos nós nascemos para empregado público. Foi a reflexão que fiz, ao me julgar tão em mim, quando, após a posse e o compromisso ou juramento, sentei-me perfeitamente à vontade na mesa que me determinaram. Nada houve que fosse surpresa, nem tive o mínimo acanhamento. Eu tinha vinte e um para vinte e dois anos; e nela me abanquei como se de há muito já o fizesse. Tão depressa foi a minha adaptação que me julguei nascido para ofício de auxiliar o Estado, com a minha reduzida gramática e o meu péssimo cursivo, na sua missão de regular a marcha e a atividade da nação.

Com familiaridade e convicção, manuseava os livros – grandes montões de papel espesso e capas de couro, que estavam destinados a durar tanto quanto as pirâmides do Egito. Eu sentia muito menos aquele registro de decretos e portarias e eles pareciam olhar-me respeitosamente e pedir-me sempre a carícia das minhas mãos e a doce violência da minha escrita.

Puseram-me também a copiar ofícios e a minha letra tão má e o meu desleixo tão meu, muito papel fizeram-me gastar, sem que isso redundasse em grande perturbação no desenrolar das cousas governamentais.

Mas, como dizia, todos nós nascemos para funcionário publico. Aquela placidez do ofício, sem atritos, nem desconjuntamentos violentos; aquele deslizar macio durante cinco horas por dia; aquela mediania de posição e fortuna, garantindo inabalavelmente uma vida medíocre – tudo isso vai muito bem com as nossas vistas e os nossos temperamentos. Os dias no emprego do Estado nada têm de imprevisto, não pedem qualquer espécie de esforço a mais, para viver o dia seguinte. Tudo corre calma e suavemente, sem colisões, nem sobressaltos, escrevendo-se os mesmos papéis e avisos, os mesmos decretos e portarias, da mesma maneira, durante todo o ano, exceto os dias feriados, santificados e os de ponto facultativo, invenção das melhores da nossa República.

De resto, tudo nele é sossego e quietude. O corpo fica em cômodo jeito; o espírito aquieta-se, não tem efervescência nem angústias; as praxes estão fixas e as fórmulas já sabidas. Pensei até em casar, não só para ter uns bate-bocas com a mulher mas, também, para ficar mais burro, ter preocupações de "pistolões", para ser promovido. Não o fiz; e agora, já que não digo a ente humano, mas ao discreto papel, posso confessar porquê. Casar-me no meu nível social, seria abusar-me com a mulher, pela sua falta de instrução e cultura intelectual; casar-me acima, seria fazer-me lacaio dos figurões, para darem-me cargos, propinas, gratificações, que satisfizessem às exigências da esposa. Não queria uma nem outra cousa. Houve uma ocasião em que tentei solver a dificuldade, casando-me ou cousa que o valha, abaixo da minha situação. É a tal história da criada... Aí foram a minha dignidade pessoal e o meu cavalheirismo que me impediram.

Não podia, nem devia ocultar a ninguém e de nenhuma forma, a mulher com quem eu dormia e era mãe dos meus filhos. Eu ia citar Santo Agostinho, mas deixo de fazê-lo para continuar a minha narração...

Quando, de manhã, novo ou velho no emprego, a gente se senta na sua mesa oficial, não há novidade de espécie alguma e, já da pena, escreve devagarinho: "Tenho a honra", etc., etc.; ou, republicanamente, "Declaro-vos para os fins convenientes", etc.. etc. Se há mudança, é pequena e o começo é já bem sabido: "Tenho em vistas"... – ou "Na forma do disposto"...

Às vezes o papel oficial fica semelhante a um estranho mosaico de fórmulas e chapas; e são os mais difíceis, nos quais o doutor Xisto Rodrigues brilhava como mestre inigualável.

O doutor Xisto já é conhecido dos senhores, mas não é dos outros gênios da Secretaria dos Cultos. Xisto é estilo antigo. Entrou honestamente, fazendo um concurso decente e sem padrinhos. Apesar da sua pulhice bacharelesca e a sua limitação intelectual, merece respeito pela honestidade que põe em todos os atos de sua vida, mesmo como funcionário. Sai à hora regulamentar e entra à hora regulamentar, não bajula nem recebe gratificações.

Os dous outros, porém, são mais modernizados. Um é "charadista", o homem que o diretor consulta, que dá as informações confidenciais, para o presidente e o ministro promoverem os amanuenses. Este ninguém sabe como entrou para a secretaria; mas logo ganhou a confiança de todos, de todos se fez amigo e, em pouco, subiu três passos na hierarquia e arranjou quatro gratificações mensais ou extraordinárias. Não é má pessoa, ninguém se pode aborrecer com ele: é uma criação do ofício que só amofina os outros, assim mesmo sem nada estes saberem ao certo, quando se trata de promoções. Há casos muito interessantes; mas deixo as proezas dessa inferência burocrática, em que o seu amor primitivo a charadas, ao logogrifo e aos enigmas pitorescos pôs-lhe sempre na alma uma caligem de mistério e uma necessidade de impor aos outros adivinhação sobre ele mesmo. Deixo-a, dizia, para tratar do "auxiliar de gabinete". É este a figura mais curiosa do funcionalismo moderno. É sempre doutor em qualquer cousa; pode ser mesmo engenheiro hidráulico ou eletricista. Veio de qualquer parte do Brasil, da Bahia ou de Santa Catarina, estudou no Rio qualquer cousa; mas não veio estudar, veio arranjar um emprego seguro que o levasse maciamente para o fundo da terra, donde deveria ter saído em planta, em animal e, se fosse possível, em mineral qualquer. É inútil, vadio, mau e pedante, ou antes, pernóstico.

Instalado no Rio, com fumaças de estudante, sonhou logo arranjar um casamento, não para conseguir uma mulher, mas, para arranjar um sogro influente, que o empregasse em qualquer cousa, solidamente. Quem como ele faz de sua vida, tão-somente caminho para o cemitério, não quer muito: um lugar em uma secretaria qualquer serve. Há os que veem mais alto e se servem do mesmo meio; mas são a quintessência da espécie.

Na Secretaria dos Cultos, o seu típico e célebre "auxiliar de gabinete", arranjou o sogro dos seus sonhos, num antigo professor do seminário, pessoa muito relacionada com padres, frades, sacristães, irmãs de caridade, doutores em cânones, definidores, fabriqueiros, fornecedores e mais pessoal eclesiástico.

O sogro ideal, o antigo professor, ensinava no seminário uma física muito própria aos fins do estabelecimento, mas que havia de horripilar o mais medíocre aluno de qualquer estabelecimento leigo.

Tinha ele uma filha a casar e o "auxiliar de gabinete", logo viu no seu casamento com ela, o mais fácil caminho para arranjar uma barrigazinha estufadinha e uma bengala com castão de ouro.

Houve exame na Secretaria dos Cultos, e o "sogro", sem escrúpulo algum, fez-se nomear examinador do concurso para o provimento do lugar e meter nele "o noivo".

Que se havia de fazer? O rapaz precisava.

O rapaz foi posto em primeiro lugar, nomeado e o velho sogro (já o era de fato) arranjou-lhe o lugar de "auxiliar de gabinete" do ministro. Nunca mais saiu dele e, certa vez, quando foi, pro for ... mula se despedir do novo ministro, chegou a levantar o reposteiro para sair; mas, nisto, o ministro bateu na testa e gritou:

– Quem é aí o doutor Mata-Borrão?

O homenzinho voltou-se e respondeu, com algum tremor na voz e esperança nos olhos:

– Sou eu, excelência.

– O senhor fica. O seu "sogro" já me disse que o senhor precisa muito.

É ele assim, no gabinete, entre os poderosos; mas, quando fala a seus iguais, é de uma prosápia de Napoleão, de quem se não conhecesse a Josefina.

A todos em que ele vê um concorrente, traiçoeiramente desacredita: é bêbedo, joga, abandona a mulher, não sabe escrever "comissão", etc.

Adquiriu títulos literários, publicando a Relação dos Padroeiros das Principais Cidades do Brasil; e sua mulher quando fala nele, não se esquece de dizer: "Como Rui Barbosa, o Chico..." ou "Como Machado de Assis, meu marido só bebe água."

Gênio doméstico e burocrático, Mata-Borrão, não chegará, apesar da sua maledicência interesseira, a entrar nem no inferno. A vida não é unicamente um caminho para o cemitério; é mais alguma cousa e quem a enche assim, nem Belzebu o aceita. Seria desmoralizar o seu império; mas a burocracia quer desses amorfos, pois ela é das criações sociais aquela que mais atrozmente tende a anular a alma, a inteligência, e os influxos naturais e físicos ao indivíduo. É um expressivo documento de seleção inversa que caracteriza toda a nossa sociedade burguesa, permitindo no seu campo especial, com a anulação dos melhores da inteligência, de saber, de caráter e criação, o triunfo inexplicável de um Mata-Borrão por aí".

Pela cópia, conforme.

Brás Cubas – Rio, 10 de abril de 1919.

O único assassinato de Cazuza

Hildegardo Brandão, conhecido familiarmente por Cazuza, tinha chegado aos seus cinquenta anos e poucos, desesperançado; mas não desesperado. Depois de violentas crises de desespero, rancor e despeito, diante das injustiças, que tinha sofrido em todas as coisas nobres que tentara na vida, viera-lhe uma beatitude de santo e uma calma grave de quem se prepara para a morte.

Tudo tentara e em tudo mais ou menos falhara. Tentara formar-se, foi reprovado; tentara o funcionalismo, foi sempre preterido por colegas inferiores em tudo a ele, mesmo no burocracismo; fizera literatura e se, de todo, não falhou, foi devido à audácia de que se revestiu, audácia de quem "queimou os seus navios". Assim mesmo, todas as picuinhas lhe eram feitas. Às vezes, julgavam-no inferior a certo outro, porque não tinha pasta de marroquim; outras vezes tinham-no por inferior a determinado "antologista", porque semelhante autor havia, quando "encostado" ao Consulado do Brasil, em Paris, recebido como presente do Sião, uma bengala de legítimo junco da Índia. Por essas do rei e outras ele se aborreceu e resolveu retirar-se da liça. Com alguma renda, tendo uma pequena casa, num subúrbio afastado, afundou-se nela, aos quarenta e cinco anos, para nunca mais ver o mundo, como o herói de Jules Verne, no seu "Náutilus". Comprou os seus últimos livros e nunca mais apareceu na Rua do Ouvidor. Não se arrependeu nunca de sua independência e da sua honestidade intelectual.

Ao cinquenta e três anos, não tinha mais um parente próximo junto de si. Vivia, por assim dizer, só, tendo somente a seu lado um casal de pretos velhos, aos quais ele sustentava e dava, ainda por cima, algum dinheiro mensalmente.

A sua vida, nos dias de semana, decorria assim: pela manhã, tomava café e ia até a venda, que supria a sua casa, ler os jornais sem deixar de servir-se, com moderação de alguns cálices de parati, de que infelizmente abusara na mocidade. Voltava para a casa, almoçava e lia os seus livros, porque acumulara uma pequena biblioteca de mais de mil volumes. Quando se cansava, dormia. Jantava e, se fazia bom tempo, passeava a esmo pelos arredores, tão alheio e soturno que não perturbava nem um namoro que viesse a topar.

Aos domingos, porém, esse seu viver se quebrava. Ele fazia uma visita, uma única e sempre a mesma. Era também a um desalentado amigo seu. Médico, de real capacidade, nunca o quiseram reconhecer porque ele escrevia "propositalmente" e não "propositadamente", "de súbito" e não "às súbitas", etc., etc.

Tinham sido colegas de preparatórios e, muito íntimos, dispensavam-se de usar confidências mútuas. Um entendia o outro, somente pelo olhar.

Pelos domingos, como já foi dito, era costume de Hildegardo ir, logo pela manhã, após o café, à casa do amigo, que ficava próximo, ler lá os jornais e tomar parte no " ajantarado", da família.

Naquele domingo, o Cazuza, para os íntimos, foi fazer a visita habitual a seu amigo doutor Ponciano.

Este comprava certos jornais; e Hildegardo, outros. O médico sentava-se a uma cadeira de balanço; e o seu amigo numa dessas a que chamam de bordo ou; de lona. De permeio, ficava-lhes a secretária. A sala era vasta e clara e toda ela adornada de quadros anatômicos. Liam e depois conversavam. Assim fizeram, naquele domingo.

Hildegardo disse, ao fim da leitura dos quotidianos:

– Não sei como se pode viver no interior do Brasil .

– Por quê?

– Mata-se à toa por dá cá aquela palha. As paixões, mesquinhas paixões políticas, exaltam os ânimos de tal modo, que uma facção não teme eliminar o adversário por meio do assassinato, às vezes o revestindo da forma mais cruel. O predomínio, a chefia da política local é o único fim visado nesses homicídios, quando não são questões de família, de herança, de terras e, às vezes, causas menores. Não leio os jornais que não me apavore com tais notícias. Não é aqui, nem ali; é em todo o Brasil, mesmo às portas do Rio de Janeiro. É um horror! Além desses assassinatos, praticados por capangas – que nome horrível! – há os praticados pelos policiais e semelhantes nas pessoas dos adversários dos governos locais, adversários ou tidos como adversários. Basta um boquejo, para chegar uma escolta, varejar fazendas, talar plantações, arrebanhar gado, encarcerar ou surrar gente que, pelo seu trabalho, devia merecer mais respeito. Penso, de mim para mim, ao ler tais notícias, que a fortuna dessa gente que está na câmara, no senado, nos ministérios, até na presidência da república se alicerça no crime, no assassinato. Que acha você?

– Aqui, a diferença não é tão grande para o interior nesse ponto. Já houve quem dissesse que, quem não mandou um mortal deste para o outro mundo, não faz carreira na política do Rio de Janeiro.

– É verdade; mas, aqui, ao menos, as naturezas delicadas se podem abster de política; mas, no interior, não. Vêm as relações, os pedidos e você se alista. A estreiteza do meio impõe isso, esse obséquio a um camarada, favor que parece insignificante. As coisas vão bem; mas, num belo dia, esse camarada, por isso ou por aquilo, rompe com o seu antigo chefe. Você, por lealdade, o segue; e eis você arriscado a levar uma estocada em urna das virilhas ou a ser assassinado a pauladas como um cão danado. E eu quis ir viver no interior! De que me livrei, santo Deus.

– Eu já tinha dito a você que esse negócio de paz na vida da roça é história. Quando cliniquei, no interior, já havia observado esse prurido, essa ostentação de valentia de que os caipiras gostam de fazer e que, as mais das vezes, é causa de assassinatos estúpidos. Poderia contar a você muitos casos dessa ostentação de assassinato, que parte da gente da roça, mas não vale a pena. É coisa sem valia e só pode interessar a especialistas em estudos de criminologia.

– Penso – observou Hildegardo – que esse êxodo da população dos campos para as cidades, pode ser em parte atribuído à falta de segurança que existe na roça. Um qualquer cabo de destacamento é um César naquelas paragens – que fará então um delegado ou subdelegado. É um horror!

Os dois calaram-se e, silenciosos, se puseram a fumar. Ambos pensavam numa mesma coisa: em encontrar remédio para um tão deplorável estado de coisas. Mal acabavam de fumar, Ponciano disse desalentado:

– E não há remédio.

Hildegardo secundou-o.

– Não acho nenhum.

Continuaram calados alguns instantes, Hildegardo leu ainda um jornal e, dirigindo-se ao amigo, disse:

– Deus não me castigue, mas eu temo mais matar do que morrer. Não posso compreender como esses políticos, que andam por aí, vivam satisfeitos, quando a estrada de sua ascensão é marcada por cruzes. Se porventura matasse creia que eu, a que não tem deixado passar pela cabeça sonhos de Raskólnikoff, sentiria como ele: as minhas relações com a humanidade seriam de todo outras, daí em diante. Não haveria castigo que me tirasse semelhante remorso da consciência, fosse de que modo fosse, perpetrado o assassinato. Que acha você?

– Eu também; mas você sabe o que dizem esses políticos que sobem às alturas com dezenas de assassinatos nas costas?

– Não.

– Que todos nós matamos.

Hildegardo sorriu e fez para o amigo com toda a serenidade:

– Estou de acordo. Já matei também.

O médico espantou-se e exclamou:

– Você, Cazuza!

– Sim, eu! – confirmou Cazuza.

– Como? Se você ainda agora mesmo...

– Eu conto a coisa a você. Tinha eu sete anos e minha mãe ainda vivia. Você sabe que, a bem dizer, não conheci minha mãe.

– Sei.

– Só me lembro dela no caixão quando meu pai, chorando, me carregou para aspergir água benta sobre o seu cadáver. Durante toda a minha vida, fez-me muita falta. Talvez fosse menos rebelde, menos sombrio e desconfiado, mais contente com a vida, se ela vivesse. Deixando-me ainda na primeira infância, bem cedo firmou-se o meu caráter; mas, em contrapeso, bem cedo, me vieram o desgosto de viver, o retraimento, por desconfiar de todos, a capacidade de ruminar mágoas sem comunicá-las a ninguém – o que é um alívio sempre; enfim, muito antes do que era natural, chegaram-me o tédio, o cansaço da vida e uma certa misantropia.

Notando o amigo que Cazuza dizia essas palavras com emoção muito forte e os olhos úmidos, cortou-lhe a confissão dolorosa com um apelo alegre:

– Vamos, Carleto; conta o assassinato que você perpetrou.

Hildegardo ou Cazuza conteve-se e começou a narrar.

– Eu tinha sete anos e minha mãe ainda vivia. Morávamos em Paula Matos... Nunca mais subi a esse morro, depois da morte de minha mãe...

– Conte a história, homem! – fez impaciente o doutor Ponciano.

– A casa, na frente, não se erguia, em nada, da rua; mas, para o fundo, devido à diferença de nível, elevava-se um pouco, de modo que, para se ir ao quintal, a gente tinha que descer uma escada de madeira de quase duas dezenas de degraus. Um dia, descendo a escada, distraído, no momento em que punha o pé no chão do quintal, o meu pé descalço apanhou um pinto e eu o esmaguei. Subi espavorido a escada, chorando, soluçando e gritando: "Mamãe, mamãe! Matei, matei..." Os soluços me tomavam a fala e eu não podia acabar a frase. Minha mãe acudiu, perguntando: "O que é, meu filho! Quem é que você matou?". Afinal, pude dizer: "Matei um pinto, com o pé".

E contei como o caso se havia passado. Minha mãe riu-se, deu-me um pouco de água de flor e mandou-me sentar a um canto: "Cazuza, senta-te ali, à espera da polícia." E eu fiquei muito sossegado a um canto, estremecendo ao menor ruído que vinha da rua, pois esperava de fato a polícia. Foi esse o único assassinato que cometi. Penso que não é da natureza daqueles que nos erguem às altas posições políticas, porque, até hoje, eu...

Dona Margarida, mulher do doutor Ponciano, veio interromper-lhes a conversa, avisando-os que o "ajantarado" estava na mesa.

Revista Sousa Cruz. Rio, fevereiro, 1922.

O número da sepultura

Que podia ela dizer, após três meses de casada, sobre o casamento? Era bom? Era mau?

Não se animava a afirmar nem uma cousa, nem outra. Em essência, "aquilo" lhe parecia resumir-se em uma simples mudança de casa.

A que deixara não tinha mais nem menos cômodos do que a que viera habitar; não tinha mais "largueza"; mas a " nova" possuía um jardinzito minúsculo e uma pia na sala de jantar.

Era, no fim de contas, a diminuta diferença que existia entre ambas.

Passando da obediência dos pais, para a do marido, o que ela sentia, era o que se sente quando se muda de habitação.

No começo, há nos que se mudam, agitação, atividade; puxa-se pela ideia, a fim de adaptar os móveis à casa "nova" e, por conseguinte, eles, os seus recentes habitantes também; isso, porém, dura poucos dias.

No fim de um mês, os móveis já estão definitivamente "ancorados", nos seus lugares, e os moradores se esquecem de que residem ali desde poucos dias.

Demais, para que ela não sentisse, profunda modificação, no seu viver, advinda com o casamento, havia a quase igualdade de gênios e hábitos de seu pai e seu marido.

Tanto um como outro, eram corteses com ela; brandos no tratar, serenos, sem impropérios, e ambos, também, meticulosos, exatos e metódicos. Não houve, assim, abalo algum, na sua transplantação de um lar para outro.

Contudo, esperava, no casamento alguma cousa de inédito até ali, na sua existência de mulher: uma exuberante e contínua satisfação de viver.

Não sentiu, porém, nada disso.

O que houve de particular na sua mudança de estado, foi insuficiente para lhe dar uma sensação nunca sentida da vida e do mundo. Não percebeu nenhuma novidade essencial...

Os céus cambiantes, com o rosado e dourado de arrebóis, que o casamento promete a todos, moços e moças; não os vira ela. O sentimento de inteira liberdade, com passeios, festas, teatros, visitas – tudo que se contém para as mulheres, na ideia de casamento, durou somente a primeira semana de matrimônio.

Durante ela, ao lado do marido, passeara, visitara, fora a festas, e a teatros; mas assistira todas essas cousas, sem muito se interessar por elas, sem receber grandes ou profundas emoções de surpresa, e ter sonhos fora do trivial da nossa mesquinha vida terrestre. Cansavam-na até!

No começo, sentia alguma alegria e certo contentamento; por fim, porém, veio o tédio por elas todas, a nostalgia da quietude de sua casa suburbana, onde vivia à négligé e podia sonhar, sem desconfiar que os outros lhe pudessem descobrir os devaneios crepusculares de sua pequenina alma de burguesia, saudosa e enfumaçada.

Não era raro que também ocorresse saudades da casa paterna, provocadas por aquelas chinfrinadas de teatros ou cinematográficas. Acudia-lhe, com indefinível sentimento, a lembrança de velhos móveis e outros pertences familiares da sua casa paterna, que a tinham visto desde menina. Era uma velha cadeira de balanço de jacarandá; era uma leiteira de louça, pintada de azul, muito antiga; era o relógio sem pêndula octogonal, velho também; e outras bugigangas domésticas que, muito mais fortemente do que os móveis e utensílios adquiridos recentemente, se haviam gravado na sua memória.

Seu marido era um rapaz de excelentes qualidades matrimoniais, e não havia, no nebuloso estado d'alma de Zilda, nenhum desgosto dele ou decepção que ele lhe tivesse causado.

Morigerado, cumpridor exato dos seus deveres, na seção de que era chefe seu pai, tinha todas as qualidades médias, para ser um bom chefe de família, cumprir o dever de continuar a espécie e ser um bom diretor de secretaria ou repartição outra, de banco ou de escritório comercial.

Em compensação, não possuía nenhuma proeminência de inteligência ou de ação. Era e seria sempre uma boa peça de máquina, bem ajustada, bem polida e que, lubrificada convenientemente, não diminuiria o rendimento daquela, mas que precisava sempre do motor da iniciativa estranha, para se pôr em movimento.

Os pais de Zilda tinham aproximado os dois; a avó, a quem a moça estimava deveras, fizera as insinuações de praxe; e, vendo ela que a coisa era do gosto de todos, por curiosidade mais do que por amor ou outra cousa parecida, resolveu-se a casar com o escriturário de seu pai. Casaram-se, viviam muito bem. Entre ambos, não havia a menor rusga, a menor desinteligência que lhes toldasse a vida matrimonial; mas não existia também como era de esperar, uma profunda e constante penetração, de um para o outro e vice-versa, de desejos, de sentimentos, de dores e alegrias.

Viviam placidamente numa tranquilidade de lagoa, cercada de altas montanhas, por entre as quais os ventos fortes não conseguiam penetrar, para encrespar-lhe as águas imotas.

A beleza do viver daquele novel casal, não era ter conseguido de duas fazer uma única vontade; estava em que os dous continuassem a ser cada um uma personalidade, sem que, entanto, encontrassem nunca motivo de conflito, o mais ligeiro que fosse. Uma vez, porém.. Deixemos isso para mais tarde... O gênio e a educação de ambos muito contribuíam para tal.

O marido, exato burocrata, era cordato, de temperamento calmo, ponderado e seco que nem uma crise ministerial. A mulher era quase passiva e tendo sido educada na disciplina ultrarregrada e esmerilhadora de seu pai, velho funcionário, obediente aos chefes, aos ministros, aos secretários destes e mais bajuladores, às leis e regulamentos, não tinha assomos nem caprichos, nem fortes vontades. Refugiava-se no sonho e, desde que não fosse multado, estava por tudo.

Os hábitos do marido eram os mais regulares e executados, sem a mínima discrepância. Erguia-se do leito muito cedo, quase ao alvorecer, antes mesmo da criada, a Genoveva, levantar-se da cama. Pondo-se de pé, ele mesmo coava o café e, logo que estava pronto, tomava uma grande xícara.

Esperando o jornal (só comprava um), ia para o pequeno jardim, varria-o, amarrava as roseiras e craveiros, nos espeques, em seguida, dava milho às galinhas e pintos e tratava dos passarinhos.

Chegando o jornal, lia-o meticulosamente, organizando, para uso do dia, as suas opiniões literárias, científicas, artísticas, sociais e, também, sobre a política internacional e as guerras que havia pelo mundo.

Quanto à política interna, construía algumas, mas não as manifestava a ninguém, porque quase sempre eram contra o governo e ele precisava ser promovido.

Às nove e meia, já almoçado e vestido, despedia-se da mulher, com o clássico beijo, e lá ia tomar o trem. Assinava o ponto, de acordo como regulamento, isto é, nunca depois das dez e meia.

Na repartição, cumpria religiosamente os seus sacratíssimos deveres de funcionário.

Sempre foi assim; mas, após o casamento, aumentou de zelo, a fim de pôr a seção do sogro que nem um brinco, em questão de rapidez e presteza no andamento e informações de papéis.

Andava pelas bancas dos colegas, pelos protocolos, quando o serviço lhe faltava e se, nessa correição, topava com expediente em atraso, não hesitava: punha-se a "desunhar".

Acontecendo-lhe isto, ao sentar-se à mesa, para jantar, já em trajes caseiros, apressava-se em dizer a mulher:

– Arre! Trabalhei hoje, Zilda, que nem o diabo!

– Por quê?

– Ora, por quê? Aqueles meus colegas são uma pinoia...

– Que houve?

– Pois o Pantaleão não está com o protocolo dele, o da Marinha, atrasado de uma semana? Tive que o por em dia...

– Papai foi quem te mandou?

– Não; mas era meu dever, como genro dele, evitar que a seção que ele dirige, fosse tachada de relaxada. Demais não posso ver expediente atrasado...

– Então, esse Pantaleão falta muito?

– Um horror! Desculpa-se com estar estudando direito. Eu também estudei, quase sem faltas.

Com semelhantes notícias e outras de mexericos sobre a vida íntima, defeitos morais e vícios dos colegas, que ele relatava à mulher, Zilda ficou enfronhada no viver da diretoria em que funcionava seu marido, tanto no aspecto puramente burocrático, como nos da vida particular e famílias dos respectivos empregados.

Ela sabia que o Calçoene bebia cachaça; que o Zé Fagundes vivia amancebado com uma crioula, tendo filhos com ela um dos quais com concurso e ia ser em breve colega do marido; que o Feliciano Brites das Novas jogava nos dados todo o dinheiro que conseguia arranjar, que a mulher do Nepomuceno era amante do General T., com auxílio do qual ele preteria todos nas promoções, etc., etc.

O marido não conversava com Zilda senão essas coisas da repartição; não tinha outro assunto para palestrar com a mulher. Com as visitas e raros colegas com quem discutia, a matéria da conversação eram coisas patrióticas: as forças de terra e mar, as nossas riquezas naturais, etc.

Para tais argumentos tinha predileção especial e um especial orgulho em desenvolvê-los com entusiasmo. Tudo o que era brasileiro era primeiro do mundo ou, no mínimo, da América do Sul. E – ai! – de quem o contestasse; levava uma sarabanda que resumia nesta frase clássica:

– É por isso que o Brasil não vai para adiante. O brasileiro é o maior inimigo de sua pátria.

Zilda, pequena burguesa, de reduzida instrução e, como todas as mulheres, de fraca curiosidade intelectual quando o ouvia discutir assim com os amigos, enchia-se de enfado e sono; entretanto, gostava das suas alcovitices sobre os lares dos colegas...

Assim ela ia repassando a sua vida de casada, que já tinha mais de três meses feitos, na qual, para quebrar-lhe a monotonia e a igualdade, só houvera um acontecimento que a agitara, a torturara, mas, em compensação, espantara por algumas horas o tédio daquele morno e plácido viver. É preciso contá-lo.

Augusto – Augusto Serpa de Castro – tal era o nome de seu marido – tinha um ar mofino e enfezado; alguma cousa de índio nos cabelos muito negros, corredios e brilhantes, e na tez acobreada. Seus olhos eram negros e grandes, com muito pouca luz, mortiços e pobres de expressão, sobretudo de alegria.

A mulher, mais moça do que ele uns cinco ou seis anos, ainda não havia completado os vinte. Era de uma grande vivacidade de fisionomia, muito móbil e vária, embora o seu olhar castanho claro tivesse, em geral, uma forte expressão de melancolia e sonho interior. Miúda de feições, franzina, de boa estatura e formas harmoniosas, tudo nela era a graça do caniço, a sua esbelteza, que não teme os ventos, mas que se curva à força deles com mais elegância ainda, para ciciar os queixumes contra o triste fado de sua fragilidade, esquecendo-se, porém, que é esta que o faz vitorioso.

Após o casamento, vieram residir na Travessa das Saudades, na estação de * * *

É uma pitoresca rua, afastada alguma cousa das linhas da Central, cheia de altos e baixos, dotada de uma caprichosa desigualdade de nível, tanto no sentido longitudinal como no transversal.

Povoada de árvores e bambus, de um lado e outro, correndo quase exatamente de norte para sul, as habitações do lado do nascente, em grande número, somem-se na grota que ela forma, com o seu desnivelamento; e mais se ocultam debaixo dos arvoredos em que os cipós se tecem.

Do lado do poente, porém, as casas se alteiam e, por cima das de defronte, olham em primeira mão a Aurora, com os seus inexprimíveis cambiantes de cores e matizes.

Como no fim do mês anterior, naquele outro, o segundo término de mês depois do seu casamento, o bacharel Augusto, logo que recebeu os vencimentos e conferiu as contas dos fornecedores, entregou o dinheiro necessário à mulher, para pagá-los, e também a importância do aluguel da casa.

Zilda apressou-se em fazê-lo ao carniceiro, ao padeiro e ao vendeiro; mas, o procurador do proprietário da casa em que moravam, demorou-se um pouco. Disso, avisou o marido, em certa manhã, quando ele lhe dava uma pequena quantia para as despesas com o quitandeiro e outras miudezas caseiras. Ele deixou o importe do aluguel com ela.

Havia já quatro dias que ele se havia vencido; entretanto, o preposto do proprietário não aparecia.

Na manhã desse quarto dia, ela amanheceu alegre e, ao mesmo tempo apreensiva.

Tinha sonhado; e que sonho!

Sonhou com a avó, a quem amava profundamente e que desejara muito o seu casamento com Augusto. Morrera ela poucos meses antes de realizar-se o seu enlace com ele; mas ambos já eram noivos.

Sonhara a moça com o número da sepultura da avó – 1724; e ouvira a voz dela, da sua vovó, que lhe dizia: "Filha, joga neste número!".

O sonho impressionou-a muito; nada, porém, disse ao marido. Saído que ele foi para a repartição, determinou à criada o que tinha a fazer e procurou afastar da memória tão estranho sonho.

Não havia, entretanto, meios para conseguir isso. A recordação dele estava sempre presente ao seu pensamento, apesar de todos os seus esforços em contrário.

A pressão que lhe fazia no cérebro a lembrança do sonho, pedia uma saída, uma válvula de descarga, pois já excedia a sua força de contenção. Tinha que falar, que contar, que comunicá-lo a alguém...

Fez confidência do sucedido à Genoveva. A cozinheira pensou um pouco e disse:

– Nhanhã: eu se fosse a senhora arriscava alguma cousa no "bicho".

– Que "bicho" é ?

– 24 é cabra; mas não deve jogar só por um lado. Deve cercar por todos e fazer fé na dezena, na centena, até no milhar. Um sonho destes não é por aí cousa à toa.

– Você sabe fazer a lista?

– Não, senhora. Quando jogo é o Seu Manuel do botequim quem faz "ela" mas a vizinha, Dona Iracema, sabe bem e pode ajudar a senhora.

– Chame "ela" e diga que quero lhe falar.

Em breve chegava a vizinha e Zilda contou-lhe o acontecido.

Dona Iracema refletiu um pouco e aconselhou:

– Um sonho desses, menina, não se deve desprezar. Eu, se fosse a vizinha, jogava forte.

– Mas, Dona Iracema, eu só tenho os oitenta mil-réis para pagar a casa. Como há de ser?

A vizinha cautelosamente respondeu:

– Não lhe dou a tal respeito nenhum conselho. Faça o que disser o seu coração; mas um sonho desses...

Zilda que era muito mais moça que Iracema, teve respeito pela sua experiência e sagacidade. Percebeu logo que ela era favorável a que ela jogasse. Isto estava a quarentona da vizinha, a tal Dona Iracema, a dizer-lhe pelos olhos.

Refletiu ainda alguns minutos e, por fim, disse de um só hausto:

– Jogo tudo.

E acrescentou:

– Vamos fazer a lista – não é Dona Iracema?

– Como é que a senhora quer?

– Não sei bem. A Genoveva é quem sabe.

E gritou, para o interior da casa:

– O Genoveva! Genoveva! Venha cá, depressa!

Não tardou que a cozinheira viesse. Logo que a patroa lhe comunicou o embaraço, a humilde preta apressou-se em explicar:

– Eu disse a nhanhã que cercasse por todos os lados o grupo, jogasse na dezena, na centena e no milhar.

Zilda perguntou à Dona Iracema:

– A senhora entende dessas cousas?

– Ora! Sei muito bem. Quanto quer jogar?

– Tudo ! Oitenta mil-réis !

– É muito, minha filha. Por aqui não há quem aceite. Só se for no Engenho de Dentro, na casa do Halavanca, que é forte. Mas quem há de levar o jogo? A senhora tem alguém?

– A Genoveva.

A cozinheira, que ainda estava na sala, de pé, assistindo os preparativos de tão grande ousadia doméstica, acudiu com pressa:

– Não posso ir, nhanhã. Eles me embrulham e, se a senhora ganhar, a mim eles não pagam. É preciso pessoa de mais respeito.

Dona Iracema, por aí, lembrou:

– É possível que o Carlito tenha vindo já de Cascadura, onde foi ver a avó... Vai ver, Genoveva!

A rapariga foi e voltou em companhia do Carlito, filho de Dona Iracema. Era um rapagão dos seus dezoito anos, espadaúdo e saudável.

A lista foi feita convenientemente; e o rapaz levou-a ao "banqueiro".

Passava de uma hora da tarde, mas ainda faltava muito para as duas. Zilda lembrou-se então do cobrador da casa. Não havia perigo. Se não tinha vindo até ali, não viria mais.

Dona Iracema foi para a sua casa; Genoveva foi para a cozinha e Zilda foi repousar daqueles embates morais e alternativas cruciantes, provocados pelo passo arriscado que dera. Deitou-se já arrependida do que fizera.

Se perdesse, como havia de ser? O marido... sua cólera... as repreensões... Era uma tonta, uma doida... Quis cochilar um pouco; mas logo que cerrou os olhos, lá viu o número – 1724. Tomava-se então de esperança e sossegava um pouco da sua ânsia angustiosa.

Passando, assim, da esperança ao desânimo, prelibando a satisfação de ganhar e antevendo os desgostos que sofreria, caso perdesse – Zilda, chegou até à hora do resultado, suportando os mais desencontrados estados de espírito e os mais hostis ao seu sossego. Chegando o tempo de saber "o que dera" , foi até à janela. De onde em onde, naquela rua esquecida e morta, passava uma pessoa qualquer. Ela tinha desejo de perguntar ao transeunte o "resultado", mas ficava possuída de vergonha e continha-se".

Nesse ínterim, surge o Carlito a gritar:

– Dona Zilda! Dona Zilda! A senhora ganhou, menos no milhar e na centena.

Não deu um "ai" e ficou desmaiada no sofá da sua modesta sala de visitas.

Voltou em breve a si, graças às esfregações de vinagre de Dona Iracema e de Genoveva. Carlito foi buscar o dinheiro que subia a mais de dous contos de réis. Recebeu-o e gratificou generosamente o rapaz, a mãe dele e a sua cozinheira, a Genoveva. Quando Augusto chegou, já estava inteiramente calma. Esperou que ele mudasse de roupa e viesse à sala de jantar, a fim de dizer-lhe:

– Augusto: se eu tivesse jogado o aluguel da casa no "bicho" você ficava zangado?

– Por certo! Ficaria muito e havia de censurar você com muita veemência, pois que uma dona de casa não...

– Pois, joguei.

– Você fez isto, Zilda?

– Fiz.

– Mas quem virou a cabeça de você para fazer semelhante tolice? Você não sabe que ainda estamos pagando despesas do nosso casamento?

– Acabaremos de pagar agora mesmo.

– Como? Você ganhou?

– Ganhei. Está aqui o dinheiro.

Tirou do seio o pacote de notas e deu-o ao marido, que se tornara mudo de surpresa. Contou as pelejas muito bem, levantou-se e disse com muita sinceridade abraçando e beijando a mulher.

– Você tem muita sorte. É o meu anjo bom.

E todo o resto da tarde, naquela casa, tudo foi alegria.

Vieram Dona Iracema, o marido, o Carlito, as filhas e outros vizinhos.

Houve doces e cervejas. Todos estavam sorridentes, palradores; e o contentamento geral só não desandou em baile, porque os recém-casados não tinham piano. Augusto deitou patriotismo com o marido de Iracema.

Entretanto, por causa das dúvidas, no mês seguinte, quem fez os pagamentos domésticos foi ele próprio, Augusto em pessoa.

Revista Sousa Cruz. Rio, maio, 1921.

Manel capineiro

Quem conhece a Estrada Real de Santa Cruz? Pouca gente do Rio de Janeiro. Nós todos vivemos tão presos à avenida, tão adstritos à Rua do Ouvidor, que pouco ou nada sabemos desse nosso vasto Rio, a não ser as coisas clássicas da Tijuca, da Gávea e do Corcovado.

Um nome tão sincero, tão altissonante, batiza, entretanto, uma pobre azinhaga, aqui mais larga, ali mais estreita, povoada, a espaços, de pobres casas de gente pobre, às vezes, uma chácara mais assim ali, mas tendo ela em todo o seu trajeto até Cascadura e mesmo além, um forte aspecto de tristeza, de pobreza e mesmo de miséria. Falta-lhe um debrum de verdura, de árvores, de jardins. O carvoeiro e o lenhador de há muito tiraram os restos de matas que deviam bordá-la; e, hoje, é com alegria que se vê, de onde em onde, algumas mangueiras majestosas a quebrar a monotonia, a esterilidade decorativa de imensos capinzais sem limites.

Essa estrada real, estrada de rei, é atualmente uma estrada de pobres; e as velhas casas de fazenda, ao alto das meias-laranjas, não escaparam ao retalho para casas de cômodos.

Eu a vejo todo dia de manhã, ao sair de casa e é minha admiração apreciar a intensidade de sua vida, a prestança do carvoeiro, em servir a minha vasta cidade.

São carvoeiros com as suas carroças pejadas que passam; são os carros de bois cheios de capim que vão vencendo os atoleiros e os "caldeirões", as tropas e essa espécie de vagabundos rurais que fogem à rua urbana com horror.

Vejo-a no Capão do Bispo, na sua desolação e no seu trabalho; mas vejo também dali os órgãos azuis, dos quais toda a hora se espera que ergam aos céus um longo e acendrado hino de louvor e de glória.

Como se fosse mesmo uma estrada de lugares afastados, ela tem também seus "pousos". O trajeto dos capineiros, dos carvoeiros, dos tropeiros é longo e pede descanso e boas "pingas" pelo caminho.

Ali no "Capão", há o armazém "Duas Américas" em que os transeuntes param, conversam e bebem.

Para ali o "Tutu", um carvoeiro das bandas de Irajá, mulato quase preto, ativo, que aceita e endossa letras sem saber ler nem escrever. É um espécime do que podemos dar de trabalho, de iniciativa e de vigor. Não há dia em que ele não desça com a sua carroça carregada de carvão e não há dia em que ele não volte com ela, carregada de alfafa, de farelo, de milho, para os seus muares.

Também vem ter ao armazém o Senhor Antônio do Açougue, um ilhéu falador, bondoso, cuja maior parte da vida se ocupou em ser carniceiro. Lá se encontra também o “Parafuso”, um preto, domador de cavalos e alveitar estimado. Todos eles discutem, todos eles comentam a crise, quando não tratam estreitamente dos seus negócios.

Passa pelas portas da venda uma singular rapariga. É branca e de boas feições. Notei-lhe o cuidado em ter sempre um vestido por dia, observando ao mesmo tempo que eles eram feitos de velhas roupas. Todas as manhãs, ela vai não sei onde e traz habitualmente na mão direita um bouquet feito de miseráveis flores silvestres. Perguntei ao dono quem era. Uma vagabunda, disse-me ele.

“Tutu” está sempre ocupado com a moléstia dos seus muares. O “Garoto” está mancando de uma perna e a “Jupira” puxa de um dos quartos. O “Seu” Antônio do Açougue, assim chamado porque já possuiu um muito tempo, conta a sua vida, as suas perdas de dinheiro, e o desgosto de não ter mais açougue. Não se conforma absolutamente com esse negócio de vender leite; o seu destino é talhar carne.

Outro que lá vai é o Manel Capineiro. Mora na redondeza e a sua vida se faz no capinzal, em cujo seio vive, a vigiá-lo dia e noite dos ladrões, pois os há, mesmo de feixes de capim. O “Capineiro” colhe o capim à tarde, enche as carroças; e, pela madrugada, sai com estas a entregá-lo à freguesia. Um companheiro fica na choupana no meio do vasto capinzal a vigiá-lo, e ele vai carreando uma das carroças, tocando com o guião de leve os seus dois bois – “Estrela” e “Moreno”.

Manel os ama tenazmente e evita o mais possível feri-los com a farpa que lhes dá a direção requerida.

Manel Capineiro é português e não esconde as saudades que tem do seu Portugal, do seu caldo de unto, das suas festanças aldeãs, das suas lutas a varapau; mas se conforma com a vida atual e mesmo não se queixa das cobras que abundam no capinzal.

– Ai! As cobras!... Ontem dei com uma, mas matei-a.

Está aí um estrangeiro que não implica com os nossos ofídios o que deve agradar aos nossos compatriotas, que se indignam com essa implicância.

Ele e os bois vivem em verdadeira comunhão. Os bois são negros, de grandes chifres, tendo o “Estrela” uma mancha branca na testa, que lhe deu o nome.

Nas horas do ócio, Manel vem à venda conversar, mas logo que olha o relógio e vê que é hora da ração, abandona tudo e vai ao encontro daquelas suas duas criaturas, que tão abnegadamente lhe ajudam a viver.

Os seus carrapatos lhe dão cuidado; as suas “manqueiras” também. Não sei bem a que propósito me disse um dia:

– Senhor fulano, se não fosse eles, eu não saberia como iria viver. Eles são o meu pão.

Imaginem que desastre não foi na sua vida, a perda dos seus dois animais de tiro. Ela se verificou em condições bem lamentáveis. Manel Capineiro saiu de madrugada, como de hábito, com o seu carro de capim. Tomou a estrada pra riba, dobrou a Rua José dos Reis e tratou de atravessar a linha da estrada de ferro, na cancela dessa rua.

Fosse a máquina, fosse um descuido do guarda, uma imprudência de Manel, um comboio, um expresso, implacável como a fatalidade, inflexível, inexorável, veio-lhe em cima do carro e lhe trucidou os bois. O capineiro, diante dos despojos sangrentos do "Estrela" e do "Moreno", diante daquela quase ruína de sua vida, chorou como se chorasse um filho uma mãe e exclamou cheio de pesar, de saudade, de desespero:

– Ai mô gado! Antes fora eu!...

Era Nova. Rio, 21 de agosto de 1915.

Milagre do natal

O bairro do Andaraí é muito triste e muito úmido. As montanhas que enfeitam a nossa cidade, aí tomam maior altura e ainda conservam a densa vegetação que as devia adornar com mais força em tempos idos. O tom plúmbeo das árvores como que enegrece o horizonte e torna triste o arrabalde.

Nas vertentes dessas mesmas montanhas, quando dão para o mar, este quebra a monotonia do quadro e o sol se espadana mais livremente, obtendo as cousas humanas, minúsculas e mesquinhas, uma garridice e uma alegria que não estão nelas, mas que se percebem nelas. As tacanhas casas de Botafogo se nos afigura assim; as bombásticas "vilas" de Copacabana, também; mas, no Andaraí, tudo fica esmagado pela alta montanha e sua sombria vegetação.

Era numa rua desse bairro que morava Feliciano Campossolo Nunes, chefe de seção do Tesouro Nacional, ou antes e melhor: subdiretor. A casa era própria e tinha na cimalha este dístico pretensioso: "Vila Sebastiana". O gosto da fachada, as proporções da casa não precisam ser descritas: todos conhecem um e as outras. Na frente, havia um jardinzinho que se estendia para a esquerda, oitenta centímetros a um metro, além da fachada. Era o vão que correspondia à varanda lateral, quase a correr todo o prédio. Campossolo era um homem grave, ventrudo, calvo, de mãos polpudas e dedos curtos. Não largava a pasta de marroquim em que trazia para a casa os papéis da repartição com o fito de não lê-los; e também o guarda-chuva de castão de ouro e forro de seda. Pesado e de pernas curtas, era com grande dificuldade que ele vencia os dous degraus dos "Minas Gerais" da Light, atrapalhado com semelhantes cangalhas: a pasta e o guarda chuva de " ouro". Usava chapéu de coco e cavanhaque.

Morava ali com sua mulher mais a filha solteira e única, a Mariazinha.

A mulher, Dona Sebastiana, que batizara a vila e com cujo dinheiro a fizeram, era mais alta do que ele e não tinha nenhum relevo de fisionomia, senão um artificial, um aposto. Consistia num pequeno pincenez de aros de ouro, preso, por detrás da orelha, com trancelim de seda. Não nascera com ele, mas era como se tivesse nascido, pois jamais alguém havia visto Dona Sebastiana sem aquele adendo, acavalado no nariz fosse de dia, fosse de noite. Ela, quando queria olhar alguém ou alguma cousa com jeito e perfeição, erguia bem a cabeça e toda Dona Sebastiana tomava um entono de magistrado severo.

Era baiana, como o marido, e a Única queixa que tinha do Rio cifrava-se em não haver aqui bons temperos para as moquecas, carurus e outras comidas da Bahia, que ela sabia preparar com perfeição, auxiliada pela preta Inácia, que, com eles, viera do Salvador, quando o marido foi transferido para São Sebastião. Se se oferecia portador, mandava-os buscar; e, quando, aqui chegavam e ela preparava uma boa moqueca, esquecia-se de tudo, até que estará muito longe da sua querida cidade de Tomé de Sousa.

Sua filha, a Mariazinha, não era assim e até se esquecera que por lá nascera: cariocara-se inteiramente. Era uma moça de vinte anos, fina de talhe, poucas carnes, mais alta que o pai, entestando com a mãe, bonita e vulgar. O seu traço de beleza eram os seus olhos de topázio com estilhas negras. Nela, não havia nem invento, nem novidade como – as outras.

Eram estes os habitantes da "Vila Sebastiana", além de um molecote que nunca era o mesmo. De dous em dous meses, por isso ou por aquilo, era substituído por outro, mais claro ou mais escuro, conforme a sorte calhava.

Em certos domingos, o Senhor Campossolo convidava alguns dos seus subordinados a irem almoçar ou jantar com eles. Não era um qualquer. Ele os escolhia com acerto e sabedoria. Tinha uma filha solteira e não podia pôr dentro de casa um qualquer, mesmo que fosse empregado de fazenda.

Aos que mais constantemente convidava, eram os terceiros escriturários Fortunato Guaicuru e Simplício Fontes, os seus braços direitos na seção. Aquele era bacharel em Direito e espécie de seu secretário e consultor em assuntos difíceis; e o último chefe do protocolo da sua seção, cargo de extrema responsabilidade, para que não houvesse extravio de processos e se acoimasse a sua subdiretoria de relaxada e desidiosa. Eram eles dous os seus mais constantes comensais, nos seus bons domingos de efusões familiares. Demais, ele tinha uma filha a casar e era bom que...

Os senhores devem ter verificado que os pais sempre procuram casar as filhas na classe que pertencem: os negociantes com negociantes ou caixeiros; os militares com outros militares; os médicos com outros médicos e assim por diante. Não é de estranhar, portanto, que o chefe Campossolo quisesse casar sua filha com um funcionário público que fosse da sua repartição e até da sua própria seção.

Guaicuru era de Mato Grosso. Tinha um tipo acentuadamente índio. Malares salientes, face curta, mento largo e duro, bigodes de cerdas de javali, testa fugidia e as pernas um tanto arqueadas. Nomeado para a alfândega de Corumbá, transferira-se para a delegacia fiscal de Goiás. Aí, passou três ou quatro anos, formando-se, na respectiva faculdade de Direito, porque não há cidade do Brasil, capital ou não, em que não haja uma. Obtido o título, passou-se para a Casa da Moeda e, desta repartição, para o Tesouro. Nunca se esquecia de trazer o anel de rubi, à mostra. Era um rapaz forte, de ombros largos e direitos; ao contrário de Simplício que era franzino, peito pouco saliente, pálido, com uns doces e grandes olhos negros e de uma timidez de donzela.

Era carioca e obtivera o seu lugar direitinho, quase sem pistolão e sem nenhuma intromissão de políticos na sua nomeação.

Mais ilustrado, não direi; mas muito mais instruído que Guaicuru, a audácia deste o superava, não no coração de Mariazinha, mas no interesse que tinha a mãe desta no casamento da filha. Na mesa, todas as atenções tinha Dona Sebastiana pelo hipotético bacharel:

– Por que não advoga? – perguntou Dona Sebastiana, rindo, com seu quádruplo olhar altaneiro, da filha ao caboclo que, na sua frente e a seu mando, se sentavam juntos.

– Minha senhora, não tenho tempo...

– Como não tem tempo? O Felicianinho consentiria - não é Felicianinho?

Campossolo fazia solenemente:

– Como não, estou sempre disposto a auxiliar a progressividade dos colegas.

Simplício, à esquerda de Dona Sebastiana, olhava distraído para a fruteira e nada dizia. Guaicuru, que não queria dizer que a verdadeira razão estava em não ser a tal faculdade "reconhecida", negaceava:

– Os colegas podiam reclamar.

Dona Sebastiana acudia com vivacidade:

– Qual o que. O senhor reclamava, Senhor Simplício?

Ao ouvir o seu nome, o pobre rapaz tirava os olhos da fruteira e perguntava com espanto:

– O que, Dona Sebastiana?

– O senhor reclamaria se Felicianinho consentisse que o Guaicuru saísse, para ir advogar?

– Não.

E voltava a olhar a fruteira, encontrando-se rapidamente com os olhos de topázio de Mariazinha. Campossolo continuava a comer e Dona Sebastiana insistia:

– Eu, se fosse o senhor ia advogar.

– Não posso. Não é só a repartição que me toma o tempo. Trabalho em um livro de grandes proporções.

Todos se espantaram. Mariazinha olhou Guaicuru; Dona Sebastiana levantou mais a cabeça com pince-nez e tudo; Simplício que, agora, contemplava esse quadro célebre nas salas burguesas, representando uma ave, dependurada pelas pernas e faz *pendant* com a ceia do Senhor Simplício, dizia, cravou resolutamente o olhar sobre o colega, e Campossolo perguntou:

– Sobre o que trata?

– Direito administrativo brasileiro.

Campossolo observou:

– Deve ser uma obra de peso.

– Espero.

Simplício continuava espantado, quase estúpido a olhar Guaicuru. Percebendo isto, o mato-grossense apressou-se:

– Você vai ver o plano. Quer ouvi-lo?

Todos, menos Mariazinha, responderam, quase a um tempo só:

– Quero.

O bacharel de Goiás endireitou o busto curto na cadeira e começou:

– Vou entroncar o nosso Direito administrativo no antigo Direito administrativo português. Há muita gente que pensa que no antigo regímen não havia um Direito administrativo. Havia. Vou estudar o mecanismo do Estado nessa época, no que toca a Portugal. Vou ver as funções dos ministros e dos seus subordinados, por intermédio de letra-morta dos alvarás, portarias, cartas régias e mostrarei então como a engrenagem do Estado funcionava; depois, verei como esse curioso Direito público se transformou, ao influxo de concepções liberais; e, como ele transportado para aqui com Dom João VI, se adaptou ao nosso meio, modificando-se aqui ainda, sob o influxo das ideias da Revolução.

Simplício, ouvindo-o falar assim dizia com os seus botões: "Quem teria ensinado isto a ele?"

Guaicuru, porém, continuava:

– Não será uma seca enumeração de datas e de transcrição de alvarás, portarias, etc. Será uma cousa inédita. Será cousa viva.

Por aí, parou e Campossolo com toda a gravidade disse:

– Vai ser uma obra de peso.

– Já tenho editor!

– Quem é? – perguntou o Simplício.

– É o Jacinto. Você sabe que vou lá todo o dia, procurar livros a respeito.

– Sei; é a livraria dos advogados, disse Simplício sem querer sorrir.

– Quando pretende publicar a sua obra, doutor? perguntou Dona Sebastiana.

– Queria publicar antes do Natal. porque as promoções serão feitas antes do Natal, mas...

– Então há mesmo promoções antes do Natal, Felicianinho ?

O marido respondeu:

– Creio que sim. O gabinete já pediu as propostas e eu já dei as minhas ao diretor.

– Devias ter-me dito, ralhou-lhe a mulher.

– Essas cousas não se dizem às nossas mulheres; são segredos de Estado, sentenciou Campossolo.

O jantar foi acabando triste, com essa história de promoções para o Natal.

Dona Sebastiana quis ainda animar a conversa, dirigindo-se ao marido:

– Não queria que me dissesses os nomes, mas pode acontecer que seja o promovido o doutor Fortunato ou... O "Seu" Simplício, e eu estaria prevenida para a uma "festinha".

Foi pior. A tristeza tornou-se mais densa e quase calados tomaram café.

Levantaram-se todos com o semblante anuviado, exceto a boa Mariazinha, que procurava dar corda à conversa. Na sala de visitas, Simplício ainda pôde olhar mais duas vezes furtivamente os olhos topazinos de Mariazinha, que tinha um sossegado sorriso a banhar-lhe a face toda; e se foi. O colega Fortunato ficou, mas tudo estava tão morno e triste que, em breve, se foi também Guaicuru.

No bonde, Simplício pensava unicamente em duas cousas: no Natal próximo e no "Direito" de Guaicuru. Quando pensava nessa perguntava de si para si: "Quem lhe ensinou aquilo tudo? Guaicuru é absolutamente ignorante". Quando pensava naquilo, implorava: "Ah! Se Nosso Senhor Jesus Cristo quisesse...".

Vieram afinal as promoções. Simplício foi promovido porque era muito mais antigo na classe que Guaicuru. O Ministro não atendera a pistolões nem a títulos de Goiás.

Ninguém foi preterido; mas Guaicuru que tinha em gestação a obra de um outro, ficou furioso sem nada dizer.

Dona Sebastiana deu uma consoada à moda do Norte. Na hora da ceia, Guaicuru, como de hábito, ia sentar-se ao lado de Mariazinha, quando Dona Sebastiana, com pince-nez e cabeça, tudo muito bem erguido, chamou-o:

– Sente-se aqui a meu lado, doutor, aí vai sentar-se o "Seu" Simplício.

Casaram-se dentro de um ano; e, até hoje, depois de um lustro de casados ainda teimam.

Ele diz:

– Foi Nosso Senhor Jesus Cristo que nos casou.

Ela obtempera:

– Foi a promoção.

Fosse uma cousa ou outra, ou ambas, o certo é que se casaram. É um fato. A obra de Guaicuru, porém, é que até hoje não saiu...

Careta – Rio. 24 de dezembro de 1921.

Quase ela deu o "sim"; mas...

João Cazu era um moço suburbano, forte e saudável, mas pouco ativo e amigo do trabalho.

Vivia em casa dos tios, numa estação de subúrbios, onde tinha moradia, comida, roupa, calçado e algum dinheiro que a sua bondosa tia e madrinha lhe dava para os cigarros.

Ele, porém, não os comprava; "filava-os" dos outros. "Refundia" os níqueis que lhe dava a tia, para flores a dar às namoradas e comprar bilhetes de tômbolas, nos vários "mafuás", mais ou menos eclesiásticos, que há por aquelas redondezas.

O conhecimento do seu hábito de "filar" cigarros aos camaradas e amigos, estava tão espalhado que, mal um deles o via, logo tirava da algibeira um cigarro; e, antes de saudá-lo, dizia:

– Toma lá o cigarro, Cazu.

Vivia assim muito bem, sem ambições nem tenções. A maior parte do dia, especialmente a tarde, empregava ele, com outros companheiros, em dar loucos pontapés, numa bola, tendo por arena um terreno baldio das vizinhanças da residência dele ou melhor: dos seus tios e padrinhos.

Contudo, ainda não estava satisfeito. Restava-lhe a grave preocupação de encontrar quem lhe lavasse e engomasse a roupa, remendasse as calças e outras peças do vestuário, cerzisse as meias, etc., etc.

Em resumo: ele queria uma mulher, uma esposa, adaptável ao seu jeito descansado.

Tinha visto falar em sujeitos que se casam com moças ricas e não precisam trabalhar; em outros que esposam professoras e adquirem a meritória profissão de "maridos da professora"; ele, porém, não aspirava a tanto.

Apesar disso, não desanimou de descobrir uma mulher que lhe servisse convenientemente.

Continuou a jogar displicentemente, o seu *football* vagabundo e a viver cheio de segurança e abundância com os seus tios e padrinhos.

Certo dia, passando pela porteira da casa de uma sua vizinha mais ou menos conhecida, ela lhe pediu:

– "Seu" Cazu, o senhor vai até à estação?

– Vou, Dona Ermelinda.

– Podia me fazer um favor?

– Pois não.

– É ver se o "Seu" Gustavo da padaria "Rosa de Ouro", me pode ceder duas estampilhas de seiscentos réis. Tenho que fazer um requerimento ao Tesouro, sobre coisas do meu montepio, com urgência, precisava muito.

– Não há dúvida, minha senhora.

Cazu, dizendo isto, pensava de si para si: "É um bom partido. Tem montepio, é viúva; o diabo são os filhos!" Dona Ermelinda, à vista da resposta dele, disse:

– Está aqui o dinheiro.

Conquanto dissesse várias vezes que não precisava daquilo – o dinheiro – o impenitente jogador de *football* e feliz hóspede dos tios, foi embolsando os nicolaus, por causa das dúvidas.

Fez o que tinha a fazer na estação, adquiriu as estampilhas e voltou para entregá-las à viúva.

De fato, Dona Ermelinda era viúva de um contínuo ou cousa parecida de uma repartição pública. Viúva e com pouco mais de trinta anos, nada se falava da sua reputação.

Tinha uma filha e um filho que educava com grande desvelo e muito sacrifício.

Era proprietária do pequeno *chalet* onde morava, em cujo quintal havia laranjeiras e algumas outras árvores frutíferas.

Fora o seu falecido marido que o adquirira com o produto de uma "sorte" na loteria; e, se ela, com a morte do esposo, o salvara das garras de escrivães, escreventes, meirinhos, solicitadores e advogados "mambembes", devia-o à precaução do marido que comprara a casa, em nome dela.

Assim mesmo, tinha sido preciso a intervenção do seu compadre, o Capitão Hermenegildo, a fim de remover os obstáculos que certos " águias" começavam a por, para impedir que ela entrasse em plena posse do imóvel e abocanhar-lhe afinal o seu chalezito humilde.

De volta, Cazu bateu à porta da viúva que trabalhava no interior, com cujo rendimento ela conseguia aumentar de muito o módico, senão irrisório montepio, de modo a conseguir fazer face às despesas mensais com ela e os filhos.

Percebendo a pobre viúva que era o Cazu, sem se levantar da máquina, gritou:

– Entre, "Seu" Cazu.

Estava só, os filhos ainda não tinham vindo do colégio. Cazu entrou.

Após entregar as estampilhas, quis o rapaz retirar-se; mas foi obstado por Ermelinda nestes termos:

– Espere um pouco, "Seu" Cazu. Vamos tomar café.

Ele aceitou e, embora, ambos se serviram da infusão da "preciosa rubiácea" , como se diz no estilo"valorização".

A viúva, tomando café, acompanhado com pão e manteiga, pôs-se a olhar o companheiro com certo interesse. Ele notou e fez-se amável e galante, demorando em esvaziar a xícara. A viuvinha sorria interiormente de contentamento. Cazu pensou com os seus botões: "Está aí um bom partido: casa própria, montepio, renda das costuras; e além de tudo, há de lavar-me e consertar a roupa. Se calhou, fico livre das censuras da tia..."

Essa vaga tenção ganhou mais corpo, quando a viúva, olhando-lhe a camisa, perguntou:

– "Seu" Cazu, se eu lhe disser uma cousa, o senhor fica zangado?

– Ora, qual, Dona Ermelinda?

– Bem. A sua camisa está rasgada no peito. O senhor traz "ela" amanhã, que eu conserto "ela".

Cazu respondeu que era preciso lavá-la primeiro; mas a viúva prontificou-se em fazer isso também. O *player* dos pontapés, fingindo relutância no começo, aceitou afinal; e doido por isso estava ele, pois era uma "entrada", para obter uma lavadeira em condições favoráveis.

Dito e feito: daí em diante, com jeito e manha, ele conseguiu que a viúva se fizesse a sua lavadeira bem em conta.

Cazu, após tal conquista, redobrou de atividade no *football*, abandonou os biscates e não dava um passo, para obter emprego. Que é que ele queria mais? Tinha tudo...

Na redondeza, passavam como noivos; mas não eram, nem mesmo namorados declarados.

Havia entre ambos, unicamente um "namoro de caboclo", com o que Cazu ganhou uma lavadeira, sem nenhuma exigência monetária e cultivava-o carinhosamente.

Um belo dia, após ano e pouco de tal namoro, houve um casamento na casa dos tios do diligente jogador de *football*. Ele, à vista da cerimônia e da festa, pensou: "Por que também eu não me caso? Por que eu não peço Ermelinda em casamento? Ela aceita, por certo; e eu..."

Matutou domingo, pois o casamento tinha sido no sábado; refletiu segunda e, na terça, cheio de coragem, chegou-se à Ermelinda e pediu-a em casamento.

– É grave isto, Cazu. Olhe que sou viúva e com dois filhos!

– Tratava "eles" bem; eu juro!

– Está bem. Sexta-feira, você vem cedo, para almoçar comigo e eu dou a resposta.

Assim foi feito. Cazu chegou cedo e os dous estiveram a conversar, ela, com toda a naturalidade, e ele, cheio de ansiedade e, apreensivo.

Num dado momento, Ermelinda foi até à gaveta de um móvel e tirou de lá um papel.

– Cazu – disse ela, tendo o papel na mão – você vai à venda e à quitanda e compra o que está aqui nesta "nota". É para o almoço.

Cazu agarrou trêmulo o papelucho e pôs-se a ler o seguinte:

1 quilo de feijão .... 600 rs.

1/2 de farinha	200	rs.
1/2 de bacalhau	1.200	rs.
1/2 de batatas	360	rs.
Cebolas	200	rs.
Alhos	100	rs.
Azeite	300	rs.
Sal	100	rs.
Vinagre	200	rs.
	3.260	rs.
Quitanda:		
Carvão	280	rs.
Couve	200	rs.
Salsa	100	rs.
Cebolinha	100	rs.
Tudo:	3.940	rs.

Acabada a leitura, Cazu não se levantou logo da cadeira; e, com a lista na mão, a olhar de um lado a outro, parecia atordoado, estuporado.

– Anda Cazu, fez a viúva. Assim, demorando, o almoço fica tarde...

– É que...

– Que há?

– Não tenho dinheiro.

– Mas você não quer casar comigo? É mostrar atividade meu filho! Dê os seus passos... Vá! Um chefe de família não se atrapalha... É agir!

João Cazu, tendo a lista de gêneros na mão, ergueu-se da cadeira, saiu e não mais voltou...

Careta – Rio, 29 de janeiro de 1921.

Foi buscar lã...

A sua aparição nos lugares do Rio onde se faz reputação, boa ou má, foi súbita.

Veio do Norte, logo com a carta de bacharel, com solene pasta de couro da Rússia, fecho e monograma de prata, chapéu-de-sol e bengala de castão de ouro, enfim, com todos os apetrechos de um grande advogado e de um sábio jurisconsulto. Não se podia dizer que fosse mulato; mas também não se podia dizer que fosse branco. Era indeciso. O que havia nele de notável era o seu olhar vulpino, que pedia escuridão para brilhar com força; mas que, à luz, era esquivo e de mirada erradia.

Aparecia sempre em roda de advogados, mais ou menos célebres, cheio de morgue tomando refrescos, chopes, mas pouco se demorando nos botequins e confeitarias. Parecia escolher com grande escrúpulo as suas relações. Nunca se o viu com qualquer tipo aboemiado ou mal vestido. Todos os seus companheiros eram sempre gente limpa e de vestuário tratado. Além do convívio das notabilidades do *bureau* carioca, o doutor Felismino Praxedes Itapiru da Silva apreciava também a companhia de repórteres e redatores de jornais, mas desses sérios, que não se metem em farras, nem em pândegas baratas.

Aos poucos, começou a surgir seu nome, subscrevendo artigos nos jornais diários; até, no *Jornal do Comércio*, foi publicado um, com quatro colunas, tratando das “Indenizações por prejuízos resultantes de acidentes na navegação aérea”.

As citações de textos de leis, de praxistas, de comentadores de toda a espécie, eram múltiplas, ocupavam, em suma, dois terços do artigo; mas o artigo era assinado por ele: doutor Felismino Praxedes Itapiru da Silva.

Quando passava solene, dançando a cabeça como cavalo de coupé de casamento rico, sobraçando a rica pasta rabulesca, atirando a bengala para adiante muito para adiante, sem olhar para os lados, havia quem o invejasse, na Rua do Ouvidor ou na avenida, e dissesse:

– Este Praxedes é um “águia”! Chegou noutro dia do Norte e já está ganhando rios de dinheiro na advocacia! Esses nortistas...

Não havia nenhuma verdade nisso. Apesar de ter carta de bacharel pela Bahia ou por Pernambuco; apesar do ouro da bengala e da prata da pasta; apesar de ter escritório na Rua do Rosário, a sua advocacia ainda era muito "mambembe". Pouco fazia e todo aquele espetáculo de fraques, hotéis caros, táxis, *cocktails,* etc., era custeado por algum dinheiro que trouxera do Norte e pelo que obtivera aqui, por certos meios de que ele tinha o segredo. Semeava, para colher mais tarde.

Chegara com o firme propósito de conquistar o Rio de Janeiro, fosse como fosse. Praxedes era teimoso e, até, tinha a cabeça quadrada e a testa curta dos teimosos; mas não havia na sua fisionomia mobilidade, variedade de expressões, uma certa irradiação, enfim, tudo o que denuncia inteligência.

Muito pouco se sabia dos seus antecedentes. Vagamente se dizia que Praxedes fora sargento de um regimento policial de um Estado do Norte; e cursara como sargento a faculdade de Direito respectiva, formando-se afinal. Acabado o curso, deu um desfalque na caixa do batalhão com a cumplicidade de alguns oficiais, entre os quais, alguns eram esteios do situacionismo local. Por único castigo, tivera baixa do serviço, enquanto os oficiais lá continuaram. Escusado é dizer que os "dinheirosa" com que se lançava no Rio, vinham em grande parte das "economias lícitas do batalhão tal da força policial do Estado ***".

Eloquente a seu modo, com voz cantante, embora um tanto nasalada, senhor de imagens suas e, sobretudo, de alheias, tendo armazenado uma porção de pensamentos e opiniões de sábios e filósofos de todas as classes, Praxedes conseguia mascarar a miséria de sua inteligência e a sua falta de verdadeira cultura, conversando como se discursasse, encadeando aforismas e foguetões de retórica.

Só o fazia, porém, entre os colegas e repórteres bem comportados. Nada de boêmios, poetas e no notívagos, na sua roda!

Advogava unicamente no cível e no comercial. Isto de "crime", dizia ele com asco, "só para rábulas".

Pronunciava – "rábulas" – quase cuspindo, porque devem ter reparado que os mais vaidosos com os títulos escolares são os burros e os de baixa extração que os possuem.

Para estes, ter um pergaminho, como eles pretensiosamente chamam o diploma, é ficar acima e diferente dos que o não têm, ganhar uma natureza especial e superior aos demais, transformar-se até de alma.

Quando fui empregado da Secretaria da Guerra, havia numa repartição militar, que me ficava perto, um sargento amanuense com um defeito numa vista, que não cessava de aborrecer-me com as suas sabenças e literatices. Formou-se numa faculdade de Direito por aí e, sem que nem por quê, deixou de me cumprimentar.

São sempre assim...

Praxedes Itapiru da Silva, ex-praça de pré de uma polícia provinciana, tinha em grande conta, como coisa inacessível, aquele banalíssimo trambolho de uma vulgar carta de bacharel; e, por isso, dava-se à importância de sumidade em qualquer departamento do pensamento humano e desprezava soberbamente os rábulas e, em geral, os não formados.

Mas, contava eu, o impávido bacharel nortista tinha um grande desdém pela advocacia criminal; à vista disso, certo dia, todos os seus íntimos se surpreenderam quando ele lhes comunicou que ia defender um dado criminoso, no júri.

Era um réu de crime hediondo, cujo crime deve estar ainda na lembrança de todos. Lá, pelas bandas de Inhaúma, num lugar chamado Timbó, vivia num "sítio" isolado, quase só, um velho professor jubilado da Escola Militar, muito conhecido pelo seu gênio estranhamente concentrado e sombrio. Não se lhe conheciam parentes; e isto, há mais de quarenta anos. Jubilara-se e metera-se naquele ermo recanto do nosso município, deixando mesmo de frequentar o seu divertimento predileto, por deficiência de condução. Consistia este no café-concerto, onde houvesse anafadas mulheres estrangeiras e saracoteios de raparigas no palco. Era um esquisitão, o doutor Campos Bandeira, como se chamava ele. Vestia-se como ninguém se vestiu e se vestirá: calças brancas, em geral; colete e sobrecasaca curta, ambos de alpaca; chapéu mole, partido ao centro; botins inteiriços de pelica; e sempre com chapéu de chuva de cabo de volta. Era amulatado, com traços indiáticos e tinha um lábio inferior muito fora do plano do superior. Pintava e, por sinal, muito mal, os cabelos e a barba; e um pequeno pince-nez, sem aros, de vidros azulados, acabava-lhe a fisionomia original.

Todos o sabiam homem de preparo e de espírito; tudo estudava e tudo conhecia. Dele contavam-se muitas anedotas saborosas. Sem amigos, sem parentes, sem família, sem amantes, era, como examinador, de uma severidade inexorável. Não cedia a empenhos de espécie alguma, viessem donde viessem. Era o terror dos estudantes. Não havia quem pudesse explicar o estranho modo de vida que levava, não havia quem atinasse com a causa oculta que o determinava. Que desgosto, que mágoa o fizera assim? Ninguém sabia.

Econômico, lecionando, e muito particularmente, devia possuir um pecúlio razoável. Os rapazes calculavam em cento e tantos contos.

Se era tido como estranho ratão original, mais estranho, mais ratão, mais original pareceu ele a todos, quando se foi estabelecer, depois de jubilado, naquele cafundó do Rio de Janeiro:

– Que maluco! – diziam.

Mas o doutor Campos Bandeira (ele não o era, mas assim o tratavam), por não os ter, não ouviu amigos e meteu-se no Timbó. Hoje, há lá uma magnífica estrada de rodagem, que a prefeitura em dias de lucidez construiu; mas, naquele tempo, era um atoleiro. A maioria dos cariocas não conhece essa obra útil da nossa municipalidade; pois olhem: se fosse em São Paulo, já os jornais e revistas daqui teriam publicado fotografias, com artigos estirados, falando da energia paulista, dos bandeirantes, de José Bonifácio e da valorização do café.

O doutor Campos Bandeira, apesar da péssima estrada que lá havia, por aquela época, e vinha trazê-lo ao ponto dos bondes de Inhaúma, lá se estabeleceu, entregando-se de corpo e alma aos seus trabalhos de química agrícola.

Tinha quatro trabalhadores para a roça e tratamento de animais; e, para o interior de casa, só tinha um serviçal. Era um pobre diabo de bagaço humano, espremido pelo desânimo e pelo álcool, que acudia, nas vendas dos arredores, pelo apelido de "Casaca", por andar sempre com um fraque rabudo.

O velho professor o tinha em casa mais por consideração do que por qualquer outro motivo. Quase não fazia nada. Bastava-lhe possuir alguns níqueis, para que não voltasse a casa a fim de procurar serviço. Deixava-se ficar pelas bodegas. Pela manhã, mal varria a casa, fazia o café e moscava-se. Só quando a fome apertava aparecia.

Campos Bandeira, que fora tido, durante quarenta anos, por frio, indiferente, indolor, egoísta e, até, mau, tinha, entretanto, por aquele náufrago da vida ternuras de mãe e perdões de pai.

Uma manhã, "Casaca" despertou e, não vendo o seu amo de pé, foi até os seus aposentos receber ordens. Topou-o na sala principal, amarrado e amordaçado. As gavetas estavam revolvidas, embora os móveis estivessem nos seus lugares. "Casaca" chamou por socorro; vieram os vizinhos e desembaraçando o professor da mordaça, verificaram que ele ainda não estava morto. Fricções e todo o remédio que lhes veio à mente empregaram, até tapas e socos. O doutor Campos Bandeira salvou-se, mas estava louco e quase sem fala, tal a impressão de terror que recebeu. A polícia pesquisou e verificou que houvera roubo de dinheiro, e grosso, graças a um caderno de notas do velho professor. Todos os indícios eram contra o "Casaca". O pobre diabo negou. Bebera, naquela tarde, até os botequins fecharem-se, por toda a parte, nas proximidades. Recolhera-se completamente embriagado e não se lembrava se tinha fechado a porta da cozinha, que amanhecera aberta. Dormira e, daí em diante, não se lembrava de ter ouvido ou visto qualquer coisa.

Mas... tamancos do pobre diabo foram encontrados no local do crime; a corda, com que atacaram a vítima, era dele; a camisa, com que fizeram a mordaça, era dele. Ainda mais, ele dissera a "Seu" Antônio "do botequim" que, em breve, havia de ficar rico, para beber na casa dele, Antônio, uma pipa de cachaça, já que ele recusava fiar-lhe um "calisto". Foi pronunciado e compareceu a júri. Durante o tempo do processo, o doutor Campos Bandeira ia melhorando. Recuperou a fala e, ao fim de um ano, estava são. Tudo isto se passou no silêncio tumular do manicômio.

Chegou o dia do Júri. "Casaca" era o réu que o advogado Praxedes ia defender, quebrando o seu juramento de não advogar no "crime". A sala encheu-se para ouvi-lo.

O pobre "Casaca", sem pai, sem mãe, sem amigos, sem irmãos, sem parati, olhava tudo aquilo com o olhar estúpido de animal doméstico num salão de pinturas. De quando em quando, chorava. O promotor falou.

O doutor Felismino Praxedes Itapiru da Silva ia começar a sua estupenda defesa, quando um dos circunstantes, dirigindo-se ao presidente do tribunal, disse com voz firme:

– Senhor juiz, quem me quis matar e me roubou, não foi este pobre homem que aí está, no banco dos réus; foi o seu eloquente e elegante advogado.

Houve sussurro; o juiz admoestou a assistência, o popular continuou:

– Eu sou o professor Campos Bandeira. Esse tal advogado, logo que chegou do Norte, procurou-me, dizendo-se meu sobrinho, filho de uma irmã, a quem não vejo desde quarenta anos. Pediu-me proteção e eu lhe pedi provas. Nunca mas deu, senão alusões a coisas domésticas, cuja veracidade não posso verificar. Vão já tantos anos que me separei dos meus... Sempre que ia receber a minha jubilação, ele me escorava nas proximidades do quartel-general e me pedia dinheiro. Certa vez, dei-lhe quinhentos mil réis. Na noite do crime, à noitinha, apareceu-me, em casa, disfarçado em trajes de trabalhador, ameaçou-me com um punhal, amarrou-me, amordaçou-me. Queria que eu fizesse testamento em favor dele. Não o fiz; mas escapou de matar-me. O resto é sabido. O "Casaca" é inocente.

O final não se fez esperar; e, por pouco, o "Casaca" toma a si a causa do seu ex-patrono.

Quando este saía, entre dois agentes, em direitura à chefatura de polícia, um velho meirinho disse bem alto:

– E dizer-se que este moço era um "poço de virtudes"!

América Brasileira – Rio, maio, 1922.

O falso Dom Henrique V

(Episódio da história de Bruzundanga)

Nas notas da minha viagem à República da Bruzundanga, que devem aparecer brevemente, eu me abstive, para não tornar enfadonho o livro, de tratar da sua história. Não que ela deixe, por isso ou aquilo, de ser interessante; mas por ser trabalhosa a tarefa, à vista das muitas identificações das datas de certos fatos, que exigiam uma paciente transposição de sua cronologia para a nossa e também porque certas formas de dizer e de pensar são muito expressivas na língua de lá, mas que numa tradução instantânea para a de cá ficariam sem sal, sem o sainete próprio, a menos que não quisesse eu deter-me anos em tal afã.

Conquanto não seja rigorosamente científico, como diria um antigo aluno da *École Nationale des Chartes*, de Paris; conquanto não seja assim, eu tomei a resolução heroica de aproximar a grosso modo, nesta breve notícia, os mais peculiares à Bruzundanga dos nossos nomes portugueses e nomes típicos assim como, do nosso calendário usual, as datas da cronologia nacional da República da Bruzundanga, que seria obrigado a fazer referência.

É assim que o nome do principal personagem desta narração não é bem o germano-luso Henrique Costa; mas, no falar da República de que trato, Henbe-en-Rhinque.

Avisados disso os eruditos, estou certo de que não tomarão por inqualificável ignorância da minha parte esse traduzir fantástico às vezes, mesmo, só se baseando na simples homofonia dos vocábulos.

A história do falso Dom Henrique, que foi Imperador da Bruzundanga, é muito semelhante à daquele falso Demétrio que imperou na Rússia onze meses. Mérimée contou-lhe a história em um livro estimável.

O imperador Dom Sajon (Shah-Jehon) reinava desde muito e o seu reinado parecia não querer tomar termo. Todos os seus filhos varões tinham morrido e a sua herança passava para os seus netos varões, os quais nos últimos anos do seu governo, se haviam reduzido a um único.

Lá, convém lembrar, havia uma espécie de lei sálica que não permitia princesa no trono, embora, em falta do filho do príncipe varão, pudessem os filhos delas governar e reinar.

O Imperador Dom Sajon, conquanto fosse despótico, mesmo, em certas vezes, cruel e sanguinário, era amado do povo, sobre o qual a sua cólera quase nunca se fazia sentir.

Tinha no coração que a sua gente pobre fosse o menos pobre possível; que no seu império não houvesse fome; que os nobres e príncipes não esmagassem nem espoliassem os camponeses. Espalhava escolas e academias e, aos que se distinguiam, nas letras ou nas ciências, dava as maiores funções do Estado, sem curar-lhes da origem.

Os nobres fidalgos e mesmo os burgueses enriquecidos do pé para a mão murmuravam muito sobre a rotina do imperante e o seu viver modesto. Onde é que se viu, diziam eles, um imperador que só tem dois palácios? E que palácios imundos! Não têm mármores, não têm "frescos", não têm quadros, não têm estátuas... Ele, continuavam, que é dado à botânica, não tem um parque, como o menor do Rei da França, nem um castelo, como o mais insignificante do Rei da Inglaterra. Qualquer príncipe italiano, cujo principado é menos do que a sua capital, tem residências dez vezes mais magníficas do que esse bocó de Sanjon.

O imperador ouvia isso da boca dos seus esculcas e espiões, mas não dizia nada. Sabia o sangue e a dor que essas construções opulentas custam aos povos. Sabia quantas vidas, quantas misérias, quanto sofrimento custou à França Versalhes. Lembrava-se bem da recomendação que Luiz XIV, arrependido, na hora da morte, fez a seu bisneto e herdeiro, pedindo-lhe que não abusasse das construções e das guerras, como ele o fizera.

Serviu assim o velho imperador o seu longo reinado sem dar ouvidos aos fidalgos e grandes burgueses, desejosos todos eles de fazer parada das suas riquezas, títulos e mulheres belas, em grandes palácios, luxuosos teatros, vastos parques, construídos, porém, com o suor do povo.

Vivia modestamente, como já foi dito, sem fausto, ou antes com um fausto obsoleto, tanto pelo seu cerimonial propriamente quanto pelos apetrechos de que se servia. O carro de gala tinha sido do seu bisavô e, ao que diziam, as librés dos palafreneiros ainda eram da época do pai, vendo-se até em algumas os remendos mal postos.

Perdeu todas as filhas, por isso veio a ficar sendo, afinal, o único herdeiro o seu neto Dom Carlos (Khárlithos). Era este um príncipe bom como o avô, mas mais simples e mais triste do que Sanjon.

Vivia sempre afastado, fora da corte e dos fidalgos, num castelo retirado, cercado de alguns amigos, de livros, de flores e árvores. Dos prazeres reais e feudais só guardava um: o cavalo. Era a sua paixão e ele não só os tinha dos melhores, como também, ensaiava cruzamentos, para selecionar as raças nacionais.

Enviuvara dois anos após um casamento de conveniência e do seu enlace houvera um único filho – o Príncipe Dom Henrique.

Apesar de viúvo nada se dizia sobre os seus costumes que eram os mais puros e os mais morais que se podem exigir de um homem. O seu único vício era o cavalo e os passeios a cavalo pelos arredores do seu castelo, às vezes com um amigo, às vezes com um criado mas quase sempre só.

Os amigos íntimos diziam que o seu sofrimento e a sua tristeza vinham de pensar em ser um dia imperador. Ele não disse, mas bem se podia admitir que raciocinasse com aquele príncipe do romance que confessa ao primo: "Pois você não vê logo que eu tenho vergonha, nesta época, de me fingir de Carlos Magno, com o tal manto de arminho, abelhas, coroas, cetro – você não vê mesmo? Fique você com a coroa, se quiser!".

Dom Carlos não falava assim, pois não era dado a blagues, nem a boutades; mas, de quando em quando, ao sair dos rápidos acessos de mutismo e melancolia a que era sujeito, no meio da conversação, dizia como num suspiro:

– No dia em que for imperador, o que farei, meu Deus !

Um belo dia, um príncipe tão bom como este aparece assassinado num caminho que atravessa uma floresta do seu domínio de Cubahandê, nos arredores da capital.

A dor foi imensa em todos os pontos do império e ninguém sabia explicar porque pessoa tão boa, tão ativamente boa, seria trucidada assim misteriosamente. Naquela manhã, saíra a cavalo, na Hallumatu, a sua égua negra, de um ébano reluzente, como carbúnculo; e ela voltara desbocada, sem o cavalheiro, para as estrebarias. Procuraram-no e foram encontrá-lo cadáver com uma punhalada no peito.

O povo perquiriu os culpados e boquejou que o assassínio devia ter sido a mandado de uns parentes longínquos da família imperial, em nome da qual, há vários séculos, o seu chefe e fundador tinha desistido das suas prerrogativas e privilégios feudais, para traficar com escravos malaios. Enriquecidos, aos poucos, entraram de novo na hierarquia de que se tinham degradado voluntariamente, mas não obtiveram o título de príncipes imperiais. Eram somente príncipes.

O assassinato ficou esquecido e o velho Rei Sanjon teimava em viver. Fosse enfraquecimento das faculdades, originado pela velhice, fosse o emprego de sortilégios e feitiços, como querem os incrédulos cronistas de Bruzundanga, o fato é que o velho imperador entregou-se de corpo e alma ao mais evidente representante da família aparentada, a dos Hjanlhianes, o tal que se havia degradado. Fazia este e desfazia no império; e falou-se mesmo em permiti-los voltar às dignidades imperiais, mediante um *senatusconsultum*. A isso, o povo e sobretudo o exército se opuseram e começaram a murmurar. O exército era republicano, queria uma república de verdade, na sua ingenuidade e inexperiência política; os Hjanlhianes logo perceberam que, por aí, podiam chegar a altas dignidades e muitos deles se fizeram republicanos.

Entretanto, o bisneto de Sanjon continuava sequestrado no castelo de Cubahandê. Devia ter sete ou oito anos.

Quando menos se esperava, num dado momento em que se representava, no Teatro Imperial da Bruzundanga, o *Brutus* de Voltaire, vinte generais, seis coronéis, doze capitães e cerca de oitenta alferes proclamaram a república e saíram para a rua, seguidos de muitos paisanos que tinham ido buscar as armas de flandres, na arrecadação do teatro, a gritar: Viva a república! Abaixo o tirano! etc., etc.

O povo, propriamente, vem assim, àquela hora, nas janelas para ver o que se passava; e, no dia seguinte, quando se soube da verdade, um olhava para o outro e ambos ficavam estupidamente mudos.

Tudo aderiu; e o velho imperador e os seus parentes, exceto os Hjanlhianes, foram exilados. Ficou também o pequeno príncipe Dom Henrique como refém e sonhou que os imperiais parentes dele não tentariam nenhum golpe de mão contra as instituições populares, que acabavam de trazer a próxima felicidade da Bruzundanga.

Foi escolhida uma junta governativa, cujo chefe foi aquele Hjanlhianes, Tétrech, que era favorito do Imperador Sanjon.

Começou logo a construir palácios e teatros, a por casas abaixo, para fazer avenidas suntuosas. O dinheiro da receita não chegava, aumentou os impostos, e vexações, multas, etc. Enquanto a constituinte não votava a nova Constituição, decuplicou os direitos de entrada de produtos estrangeiros manufaturados. Os espertos começaram a manter curiosas fábricas de produtos nacionais da seguinte forma, por exemplo: adquiriam em outros países solas, sapatos já recortados. Importavam tudo isso, como matéria-prima, livre de impostos, montavam as botas nas suas singulares fábricas e vendiam pelo triplo do que custavam os estrangeiros.

Outra forma de extorquir dinheiro ao povo e enriquecer mais ainda os ricos eram as isenções de direitos alfandegários.

Tétrech decretou isenções de direitos para maquinismos, etc., destinados a usinas modelos de açúcar, por exemplo, e prêmios para a exportação dos mesmos produtos. Os ricos somente podiam mantê-los e trataram de fazê-lo logo. Fabricaram açúcar à vontade, mas mandavam para o exterior, pela metade do custo, a quase totalidade da produção, pois os prêmios cobriam o prejuízo e o encarecimento fatal de produto, nos mercados da Bruzundanga, também. Nunca houve tempo, em que se inventassem com tanta perfeição tantas ladroeiras legais.

A fortuna particular de alguns, em menos de dez anos, quase que quintuplicou; mas o Estado, os pequenos burgueses e o povo, pouco a pouco, foram caindo na miséria mais atroz.

O povo do campo, dos latifúndios (fazendas) e empresas deixou a agricultura e correu para a cidade atraído pela alta dos salários; era, porém, uma ilusão, pois a vida tornou-se caríssima. Os que lá ficaram, roídos pelas doenças e pela bebida, deixavam-se ficar vivendo num desânimo de agruras.

Os salários eram baixíssimos e não lhes davam com o que se alimentassem razoavelmente; andavam quase nus; as suas casas eram sujíssimas e cheias de insetos parasitas, transmissores de moléstias terríveis. A raça da Bruzundanga tinha por isso uma caligem de tristeza que lhe emprestava tudo quanto ela continha: as armas, o escachoar das cachoeiras, o canto doloroso dos pássaros, o cicio da chuva nas cobertas de sapê da choça – tudo nela era dor, choro e tristeza. Dir-se-ia que aquela terra tão velha se sentia aos poucos sem viver...

Antes disso, porém, houve um acontecimento que abalou profundamente o povo. O Príncipe Dom Henrique e o seu preceptor, Dom Hobhathy, foram encontrados numa tarde, afogados num lago do jardim do castelo de Cubahandê. A nova correu célere por todo o país, mas ninguém quis acreditar no fato, tanto mais que Tétrech Hjanlhianes mandou executar todos os servidores do palácio. Se ele os mandou matar, considerava a gente humilde, é porque não queria que ninguém dissesse que o menino tinha fugido. E não saiu daí. Os padres das aldeias e arraiais, que se viam vexados e perseguidos – os das cidades sempre dispostos a esmagar aqueles, para servir os potentados nas suas violências e opressões contra os trabalhadores rurais – não cessavam de manter veladamente essa crença da existência do Príncipe Henrique. Estava oculto, havia de aparecer...

Sofrimentos de toda a ordem caíram sobre o pobre povo da roça e do sertão; privações de toda a natureza caíram sobre ele; e colaram-lhe a fria sanguessuga, a ventosa dos impostos, cujo produto era empregado diretamente, num fausto governamental de opereta, e, indiretamente, numa ostentação ridícula de ricos sem educação nem instrução. Para benefício geral, nada.

A Bruzundanga era um sarcófago de mármore, ouro e pedrarias, em cujo seio, porém, o cadáver mal embalsamado do povo apodrecia e fermentava.

De norte a sul, sucediam-se epidemias de loucuras, umas maiores, outras menores. Para debelar uma, foi preciso um verdadeiro exército de vinte mil homens. No interior era assim: nas cidades, os hospícios e asilos de alienados regurgitavam. O sofrimento e a penúria levavam ao álcool, "para esquecer"; e o álcool levava ao manicômio.

Profetas regurgitavam, cartomantes, práticos de feitiçaria, abusos de toda a ordem. A prostituição, clara ou clandestina, era quase geral, de alto a baixo; e os adultérios cresciam devido ao mútuo engano dos nubentes em represália, um ao outro, fortuna ou meios, de obtê-la. Na classe pobre, também, por contágio. Apesar do luxo tosco, bárbaro e bronco, dos palácios e "perspectivas" cenográficas, a vida das cidades era triste, de provocar lágrimas. A indolência dos ricos tinha abandonado as alturas dela, as suas colinas pitorescas, e os pobres, os mais pobres, de mistura em toda espécie de desgraçados criminosos e vagabundos, ocupavam as eminências urbanas com casebres miseráveis, sujos, frios, feitos de tábuas de caixões de sabão e cobertos com folhas desdobradas de latas em que veio acondicionado o querosene.

Era a coroa, o laurel daquela glacial transformação política...

As dores do país tiveram eco num peito rústico e humilde. Surgiu num domingo o profeta, que gemia por todo o país.

Rapidamente, pela nação toda, foram conhecidas as profecias, em verso, do professor Lopes. Quem era? Numa aldeia da província de Aurilândia, um velho mestiço que tivera algumas luzes de seminário e vivera muito tempo a ensinar as primeiras letras, apareceu alistando profecias, umas claras, outras confusas. Em instantes, espalharam-se pelo país e foram do ouvido do povo crédulo ao entendimento do burguês com algumas luzes.

Todos os que tinham "a fé no coração" ouviram-nas; e todos queriam o reaparecimento d'Ele, do pequeno Imperador Dom Henrique, que não fora assassinado. A tensão espiritual chegava ao auge; a miséria batia em todos os pontos, uma epidemia desconhecida de tal forma foi violenta que, na capital da Bruzundanga, foi preciso apelar para a caridade dos galés, a fim de enterrar os mortos!...

Desaparecida que ela foi, muito tempo, a cidade, os subúrbios, até as estradas rurais cheiravam a defunto...

E quase todas recitavam como oração, as profecias do professor Lopes:

Este país da Bruzundanga
Parece de Deus deslembrado.
Nele, o povo anda na canga
Amarelo, pobre, esfaimado.
Houve fome, seca e peste
Brigas e saques também
E agora a água investe
Sem cobrir a guerra que vem.
No ano que tem dois sete
Ele por força voltará
E oito ninguém sofrerá.
Pois flagelos já são sete
E oito ninguém sofrerá.

Esses toscos versos eram sabidos de cor por toda a gente e recitados em uma unção mística. O governo tentou desmoralizá-los, por intermédio dos seus jornais, mas não conseguiu. O povo acreditava. Tentou prender Lopes mas recuou, diante da ameaça de uma sublevação em massa da província de Aurilândia. As coisas pareciam querer sossegar, quando se anúnciou que, nesta penúria, aparecera o Príncipe Dom Henrique. Em começo, ninguém fez caso; mas o fato tomou vulto. Todos por lá recebiam-no como tal, desde o mais rico até o mais pobre. Um velho servidor do antigo imperador jurou reconhecer, naquele mancebo de trinta anos, o bisneto do seu antigo imperial amo.

Os Hjanlhianes, com estes e aquele nome, continuavam a suceder-se no governo, espenicando o saque e a vergonha do país em regra. Tinham, logo que esgotavam as forças dos naturais, apelado para a imigração, a fim de evitar velhaduras nos seus latifúndios. Vieram homens mais robustos e mais cheios de ousadia, sem mesmo dependência sentimental com os dominadores, pois não se deixavam explorar facilmente, como os naturais. Revoltavam-se continuadamente; e os Hjanlhianes, esquecidos do mal que tinham dito dos seus patrícios pobres, deram em animar estes e a tanger o chocalho da pátria e do Patriotismo. Mas, era tarde! Quando se soube que a Bruzundanga tinha declarado guerra ao Império dos Oges para que muitos Hjanlhianes se metessem em grandes comissões e gorjetas, que os banqueiros da Europa lhes davam, não foi mais a primazia de Aurilândia que se conheceu naquele mancebo desconhecido, o seu legítimo Imperador Dom Henrique V, bisneto do bom Dom Sajon: foi todo país, operários, soldados, cansados de curtir miséria também; estrangeiros, vagabundos, criminosos, prostitutas, todos enfim, que sofriam.

O chefe dos Hjanlhianes morreu como um cão, envenenado por ele mesmo ou por outros, no seu palácio, enquanto os seus criados e fâmulos queimavam no pátio, em auto de fé, os tapetes que tinham custado misérias e lágrimas de um povo dócil e bom. A cidade se iluminou; não houve pobre que não pusesse uma vela, um coto, na janela do seu casebre...

Dom Henrique reinou durante muito tempo e, até hoje, os mais conscienciosos sábios da Bruzundanga não afirmam com segurança se ele era verdadeiro ou falso.

Como não tivesse descendência, quando chegou aos sessenta anos, aquele sábio príncipe proclamou por sua própria boca a república, que é ainda a forma de governo da Bruzundanga mas para a qual, ao que parece, o país não tem nenhuma vocação. Ela espera ainda a sua forma de governo...

Eficiência militar

(Historieta chinesa)

Li-Huang-Pô, vice-rei de Cantão, Império da China, Celeste Império, Império do Meio, nome que lhe vai a calhar, notava que o seu exército provincial não apresentava nem garbo marcial, nem tampouco, nas últimas manobras, tinha demonstrado grandes aptidões guerreiras.

Como toda a gente sabe, o vice-rei da província de Cantão, na China, tem atribuições quase soberanas. Ele governa a província como reino seu que houvesse herdado de seus pais, tendo unicamente por lei a sua vontade.

Convém não esquecer que isto se passou, durante o antigo regímen chinês, na vigência do qual, esse vice-rei tinha todos os poderes de monarca absoluto, obrigando-se unicamente a contribuir com um avultado tributo anual, para o Erário do Filho do Céu, que vivia refestelado em Pequim, na misteriosa cidade imperial, invisível para o grosso do seu povo e cercado por dezenas de mulheres e centenas de concubinas. Bem.

Verificado esse estado miserável do seu exército, o vice-rei Li-Huang-Pô começou a meditar nos remédios que devia aplicar para levantar-lhe o moral e tirar de sua força armada maior rendimento militar. Mandou dobrar a ração de arroz e carne de cachorro, que os soldados venciam. Isto, entretanto, aumentou em muito a despesa feita com a força militar do vice-reinado; e, no intuito de fazer face a esse aumento, ele se lembrou, ou alguém lhe lembrou, o simples alvitre de duplicar os impostos que pagavam os pescadores, os fabricantes de porcelana e os carregadores de adubo humano – tipo dos mais característicos daquela babilônica cidade de Cantão.

Ao fim de alguns meses, ele tratou de verificar os resultados do remédio que havia aplicado nos seus fiéis soldados, a fim de dar-lhes garbo, entusiasmo e vigor marcial.

Determinou que se realizassem manobras gerais, na próxima primavera, por ocasião de florirem as cerejeiras, e elas tivessem lugar na planície de Chu-Wei-Hu – o que quer dizer na nossa língua: "planície dos dias felizes". As suas ordens foram obedecidas e cerca de cinquenta mil chineses, soldados das três armas, acamparam em Chu-Wei-Hu, debaixo de barracas de seda. Na China, seda é como metim aqui.

Comandava em chefe esse portentoso exército, o general Fu-Shi-Tô que tinha começado a sua carreira militar como puxador de tílburi em Hong-

-Kong. Fizera-se tão destro nesse mister que o governador inglês o tomara para o seu serviço exclusivo.

Este fato deu-lhe um excepcional prestígio entre os seus patrícios, porque, embora os chineses detestem os estrangeiros, em geral, sobretudo os ingleses, não deixam, entretanto, de ter um respeito temeroso por eles, de sentir o prestígio sobre-humano dos "diabos vermelhos" , como os chinas chamam os europeus e os de raça europeia.

Deixando a famulagem do governador britânico de Hong-Kong, Fu-Shi-Tô não podia ter outro cargo, na sua própria pátria, senão o de general no exército do vice-rei de Cantão. E assim foi ele feito, mostrando-se desde logo um inovador, introduzindo melhoramentos na tropa e no material bélico, merecendo por isso ser condecorado, com o dragão imperial de ouro maciço. Foi ele quem substituiu, na força armada cantonesa, os canhões de papelão, pelos do Krupp; e, com isto, ganhou de comissão alguns bilhões de *taels*, que repartiu com o vice-rei. Os franceses do Canet queriam lhe dar um pouco menos, por isso ele julgou mais perfeitos os canhões do Krupp, em comparação com os do Canet. Entendia, a fundo, de artilharia, o ex-fâmulo do governador de Hong-Kong.

O exército de Li-Huang-Pô estava acampado havia um mês, nas "planícies dos dias felizes", quando ele se resolveu a ir assistir-lhe as manobras, antes de passar-lhe a revista final.

O vice-rei, acompanhado do seu séquito, do qual fazia parte o seu exímio cabeleireiro Pi-Nu, lá foi para a linda planície, esperando assistir a manobras de um verdadeiro exército germânico. Antegozava isso como uma vítima sua e, também, como constituindo o penhor de sua eternidade no lugar rendoso de quase rei da rica província de Cantão. Com um forte exército à mão, ninguém se atreveria a demiti-lo dele. Foi.

Assistiu as evoluções com curiosidade e atenção. A seu lado, Fu-Shi-Pô explicava os temas e os detalhes do respectivo desenvolvimento, com a abundância e o saber de quem havia estudado *Arte da Guerra* entre os varais de um *cabriolet*.

O vice-rei, porém, não parecia satisfeito. Notava hesitações, falta de *élan* na tropa, rapidez e exatidão nas evoluções e pouca obediência ao comando em chefe e aos comandados particulares; enfim, pouca eficiência militar naquele exército que devia ser uma ameaça à China inteira, caso quisessem retirá-lo do cômodo e rendoso lugar de vice-rei de Cantão. Comunicou isto ao general que lhe respondeu:

– É verdade o que Vossa Excelência Reverendíssima, Poderosíssima, Graciosíssima, Altíssima e Celestial diz; mas os defeitos são fáceis de remediar.

– Como? perguntou o vice-rei.

– É simples. O uniforme atual muito se parece com o alemão: mudemo-lo para uma imitação do francês e tudo estará sanado.

Li-Huang-Pô pôs-se a pensar, recordando a sua estadia em Berlim, as festas que os grandes dignatários da corte de Potsdam lhe fizeram, o acolhimento do Kaiser e, sobretudo, os *taels* que recebeu de sociedade com o seu general Fu-Shi-Pô... Seria uma ingratidão; mas... Pensou ainda um pouco; e, por fim, num repente, disse peremptoriamente:

– Mudemos o uniforme; e já!

Careta. Rio, 9 de setembro de 1922.

O pecado

Quando naquele dia São Pedro despertou, despertou risonho e de bom humor. E, terminados os cuidados higiênicos da manhã, ele se foi à competente repartição celestial buscar ordens do Supremo e saber que almas chegariam na próxima leva.

Em uma mesa longa, larga e baixa, em grande livro aberto se estendia e debruçado sobre ele, todo entregue ao serviço, um guarda-livros punha em dia a escrituração das almas, de acordo com as mortes que Anjos mensageiros e noticiosos traziam de toda extensão da terra. Da pena do encarregado celeste escorriam grossas letras, e de quando em quando ele mudava a caneta para melhor talhar um outro caráter caligráfico.

Assim páginas ia ele enchendo, enfeitadas, iluminadas em os mais preciosos tipos de letras. Havia no emprego de cada um deles, uma certa razão de ser e entre si guardavam tão feliz disposição que encantava o ver uma página escrita do livro. O nome era escrito em bastardo, letra forte e larga; a filiação em gótico, tinha uma ar religioso, antigo, as faltas, em bastardo e as qualidades em ronde arabescado.

Ao entrar São Pedro, o escriturário do Eterno, voltou-se, saudou-o e, à reclamação da lista d'almas pelo Santo, ele respondeu com algum enfado (endado do ofício) que viesse à tarde buscá-la.

Aí pela tardinha, ao findar a escrita, o funcionário celeste (um velho jesuíta encanecido no tráfico de açúcar da América do Sul) tirava uma lista explicativa e entregava a São Pedro a fim de se preparar convenientemente para receber os ex-vivos no dia seguinte.

Dessa vez ao contrário de todo o sempre, São Pedro, antes de sair, leu de antemão a lista; e essa sua leitura foi útil, pois que se a não fizesse talvez, dali em diante, para o resto das idades – quem sabe? – o Céu ficasse de todo estragado. Leu São Pedro a relação: havia muitas almas, muitas mesmo, delas todas, à vista das explicações apensas, uma lhe assanhou o espanto e a estranheza. Leu novamente. Vinha assim:

P. L. C., filho de..., neto de..., bisneto de... – Carregador, quarenta e oito anos. Casado. Casto. Honesto. Caridoso. Pobre de espírito. Ignaro. Bom como São Francisco de Assis. Virtuoso como São Bernardo e meigo como o próprio Cristo. É um justo.

Deveras, pensou o Santo Porteiro, é uma alma excepcional; como tão extraordinárias qualidades bem merecia assentar-se à direita do Eterno e lá ficar, *per saecula saeculorum*, gozando a glória perene de quem foi tantas vezes Santo...

– E porque não ia? deu-lhe vontade de perguntar ao seráfico burocrata.

– Não sei, retrucou-lhe este. Você sabe, acrescentou, sou mandado...

– Veja bem nos assentamentos. Não vá ter você se enganado. Procure, retrucou por sua vez o velho pescador canonizado.

Acompanhado de dolorosos rangidos da mesa, o guarda-livros foi folheando o enorme Registro, até encontrar a página própria, onde com certo esforço achou a linha adequada e com o dedo afinal apontou o assentamento e leu alto:

– P. L. C., filho de..., neto de..., bisneto de... – Carregador. Quarenta e oito anos. Casado. Honesto. Caridoso. Leal. Pobre de espírito. Ignaro. Bom como São Francisco de Assis. Virtuoso como São Bernardo e meigo como o próprio Cristo. É um justo.

Levando o dedo pela pauta horizontal e nas "Observações", deparou qualquer coisa que o fez dizer de súbito:

– Esquecia-me... Houve engano. É! Foi bom você falar. Essa alma é a de um negro. Vai para o purgatório.

Revista Souza Cruz. Rio, agosto, 1924.

Um que vendeu a sua alma

A anedota que lhe vou contar, tem alguma cousa de fantástica e pareceria que, como homem de meu tempo, eu não devia dar-lhe crédito algum. Entra nela o Diabo e toda a gente de certo desenvolvimento mental está quase sempre disposta a acreditar em Deus, mas raramente no Diabo.

Não sei se acredito em Deus, não sei se acredito no Diabo, porque não tenho as minhas crenças muito firmes.

Desde que perdi a fé no meu Lacroix; desde que me convenci da existência de muitas geometrias a se contradizerem nas suas definições e teoremas mais vulgares; desde então deixei que a certeza ficasse com os antropologistas, etnólogos, florianistas, sociólogos e outros tolos de igual jaez.

A horrível mania da certeza de que fala Renan, já a tive; hoje, porém, não. De modo que posso bem à vontade contar-lhes uma anedota em que entra o Diabo.

Se os senhores quiserem acreditem; eu, cá por mim, se não acredito, não nego também.

Narrou-me o amigo:

– Certo dia, uma manhã, estava eu muito aborrecido a pensar na minha vida. O meu aborrecimento era mortal. Um tédio imenso invadia-me. Sentia-me vazio. Diante do espetáculo do mundo, eu não reagia. Sentia-me como um toco de pau, como qualquer coisa de inerte.

Os desgostos da minha vida, os meus excessos, as minhas decepções, me haviam levado a um estado de desespero, de aborrecimento, de tédio, para o qual. em vão, procurava remédio. A Morte não me servia. Se era verdade que a Vida não me agradava, a Morte não me atraía. Eu queria outra Vida. Você se lembra do Bossuet, quando falou por ocasião de Melle de la Vallière tomar o véu?

Respondi:

– Lembro-me.

– Pois sentia aquilo que ele disse e censurou: queria outra vida.

E então só me daria muito dinheiro.

Queria andar, queria viajar, queria experimentar se as belezas que o tempo e o sofrimento dos homens acumularam sobre a terra, despertavam em mim a emoção necessária para a existência, o sabor de viver.

Mas dinheiro! – como arranjar? Pensei meios e modos: Furtos, assassinatos, estelionatos – sonhei-me Raskólnikoff ou cousa parecida. Jeito, porém, não havia e a energia não me sobrava.

Pensei então no Diabo. Se ele quisesse comprar-me a alma? Havia tanta história popular que contava pactos com ele que eu, homem céptico e ultramoderno apelei para o Diabo, e sinceramente!

Nisto bateram-me a porta.

– Abri.

– Quem era?

– O Diabo.

– Como o conheceste?

– Espera. Era um cavalheiro como qualquer, sem barbichas, sem chavelhos, sem nenhum atributo diabólico. Entrou como um velho conhecimento e tive a impressão de que conhecia muito o visitante.

Sem cerimônia sentou-se e foi perguntando:

"Que diabo de *spleen* é esse?". Retorqui:

"A palavra vai bem mas falta-me o milhão."

Disse-lhe isso sem reflexão e ele sem se espantar, deu umas voltas pela minha sala e olhou um retrato. Indagou:

"É tua noiva?"

Acudi:

"Não. É um retrato que encontrei na rua. Simpatizei e..."

"Queres vê-la já?", perguntou-me o homem. "Quero", respondi. E logo, entre nós dois sentou-se a mulher do retrato.

Estivemos conversando e adquiri certeza de que estava falando com o Diabo. A mulher foi-se e logo o Diabo inquiriu:

"Que querias de mim?"

"Vender-te minha alma", disse-lhe eu.

E o diálogo continuou assim:

Diabo – Quanto queres por ela?

Eu – Quinhentos contos.

Diabo – Não queres pouco.

Eu – Achas caro?

Diabo – Certamente.

Eu – Aceito mesmo a cousa por trezentos.

Diabo – Ora! Ora!

Eu – Então, quanto dás?

Diabo – Filho não te faço preço. Hoje, recebo tanta alma de graça que não me vale a pena comprá-las.

Eu – Então não dás nada?

Diabo – Homem! Para falar-te com franqueza. simpatizo muito contigo, por isso vou dar-te alguma cousa.

Eu – Quanto?

Diabo – Queres vinte mil-réis?

E logo perguntei ao meu amigo:

– Aceitaste?

O meu amigo esteve um instante suspenso, afinal respondeu:
– Eu... Eu aceitei.

A Primavera. Rio, julho, 1913.

Carta de um defunto rico

"Meus caros amigos e parentes. Cá estou no carneiro nº 7..., da 3ª quadra, à direita, como vocês devem saber, porque me puseram nele. Este Cemitério de São João Batista da Lagoa não é dos piores. Para os vivos, é grave e solene, com o seu severo fundo de escuro e padrasto granítico. A escassa verdura verde-negra das montanhas de roda não diminuiu em nada a imponência da antiguidade da rocha dominante nelas. Há certa grandeza melancólica nisto tudo; mora neste pequeno vale uma tristeza teimosa que nem o sol glorioso espanca... Tenho, apesar do que se possa supor em contrário, uma grande satisfação; não estou mais preso ao meu corpo. Ele está no aludido buraco, unicamente a fim de que vocês tenham um marco, um sinal palpável para as suas recordações; mas anda em toda a parte.

Consegui afinal, como desejava o poeta, elevar-me bem longe dos miasmas mórbidos, purificar-me no ar superior e bebo, como um puro e divino licor, o fogo claro que enche os límpidos espaços.

Não tenho as dificultosas tarefas que, por aí, pela superfície da terra, atazanam a inteligência de tanta gente.

Não me preocupa, por exemplo, saber se devo ir receber o poderoso imperador do Beluchistã com ou sem colarinho; não consulto autoridades constitucionais para autorizar minha mulher a oferecer ou não lugares do seu automóvel a príncipes herdeiros – coisa, aliás, que é sempre agradável às senhoras de uma democracia; não sou obrigado, para obter um título nobiliárquico, de uma problemática monarquia, a andar pelos adelos, catando suspeitas bugigangas e pedir a literatos das antessalas palacianas, que as proclamem raridades de beleza, a fim de encherem salões de casas de bailes e emocionarem os ingênuos com recordações de um passado que não devia ser avivado.

Afirmando isto, tenho que dizer as razões. Em primeiro lugar, tais bugigangas não têm, por si, em geral, beleza alguma; e, se a tiveram era emprestada pelas almas dos que se serviram delas. Semelhante beleza só pode ser sentida pelos descendentes dos seus primitivos donos.

Demais, elas perdem todo o interesse, todo o seu valor, tudo o que nelas possa haver de emocional, desde que percam a sua utilidade e desde que sejam retiradas dos seus lugares próprios. Há senhoras belas, no seu interior, com os seus móveis e as costuras; mas que não o são na rua, nas salas de baile e de teatro. O homem e as suas criações precisam, para refulgir, do seu ambiente próprio, penetrado, saturado das dores, dos anseios, das alegrias de sua alma; é com as emanações de sua vitalidade, é com as vibrações misteriosas de sua existência que as coisas se enchem de beleza.

É o sumo de sua vida que empresta beleza às coisas mortais; é a alma do personagem que faz a grandeza do drama, não são os versos, as metáforas, a linguagem em si, etc., etc. Estando ela ausente, por incapacidade do autor, o drama não vale nada.

Por isso, sinto-me bem contente de não ser obrigado a caçar, nos belchiores e cafundós domésticos, bugigangas, para agradar futuros e problemáticos imperantes, porque teria que dar a elas alma, tentativa em projeto que, além de inatingível, é supremamente sacrílego.

De resto, para ser completa essa reconstrução do passado ou essa visão dele, não se podia prescindir de certos utensílios de uso secreto e discreto, nem tampouco esquecer determinados instrumentos de tortura e suplício, empregados pelas autoridades e grão-senhores no castigo dos seus escravos.

Há, no passado, muitas coisas que devem ser desprezadas e inteiramente eliminadas, com o correr do tempo, para a felicidade da espécie, a exemplo do que a digestão faz, para a do indivíduo, com certas substâncias dos alimentos que ingerimos...

Mas... estou na cova e não devo relembrar aos viventes coisas dolorosas.

Os mortos não perseguem ninguém; e só podem gozar da beatitude da superexistência aqueles que se purificam pelo arrependimento e destroem na sua alma todo o ódio, todo o despeito, todo o rancor.

Os que não conseguem isso – ai deles!

Alonguei-me nessas considerações intempestivas, quando a minha tenção era outra.

O meu propósito era dizer a vocês que o enterro esteve lindo. Eu posso dizer isto sem vaidade, porque o prazer dele, da sua magnificência, do seu luxo, não é propriamente meu, mas de vocês; e não há mal algum que um vivente tenha um naco de vaidade, mesmo quando é presidente de alguma coisa ou imortal da Academia de Letras.

Enterro e demais cerimônias fúnebres não interessam ao defunto; elas são feitas por vivos para vivos.

É uma tolice de certos senhores disporem nos seus testamentos como devem ser enterrados. Cada um enterra seu pai como pode – é uma sentença popular, cujo ensinamento deve ser tomado no sentido mais amplo possível, dando aos sobreviventes a responsabilidade total do enterro dos seus parentes e amigos, tanto na forma como no fundo.

O meu, feito por vocês, foi de truz. O carro estava soberbamente agaloado; os cavalos bem paramentados e empenachados; as riquíssimas coroas, além de ricas, eram lindas. Do Haddock Lobo, daquele casarão que ganhei com auxílio das ordens terceiras, das leis, do câmbio e outras fatalidades econômicas e sociais que fazem pobres a maior parte dos sujeitos e a mim me fizeram rico; da porta dele até o portão de São João Batista, o meu enterro foi um deslumbramento. Não havia, na rua, quem não parasse para contemplá-lo, descobrindo-se ritualmente; não havia quem não perguntasse quem ia ali.

Triste destino o meu, esse de, nos instantes do meu enterramento, toda uma população de uma vasta cidade querer saber o meu nome e dali a minutos, com a última pá de terra deitada na minha sepultura, vir a ser esquecido, até pelos meus próprios parentes.

Faço esta reflexão somente por fazer, porque, desde muito, havia encontrado, no fundo das coisas humanas, um vazio absoluto.

Essa convicção me veio com as meditações seguidas que me foram provocadas pelo fato de meu filho Carlos, com quem gastei uma fortuna em mestres, a quem formei, a quem coloquei altamente, não saber nada desta vida, até menos do que eu.

Adivinhei isto e fiquei a matutar como é que ele gozava de tanta consideração fácil e eu apenas merecia uma contrariedade? Eu, que...

Carlos, meu filho, se leres isto, dá o teu ordenado àquele pobre rapaz que te fez as sabatinas por "tuta e meia", e contenta-te, com o que herdaste do teu pai e com o que tem tua mulher! Se não fizeres... ai de ti!

Nem o Carlos nem vocês outros, espero, encontrarão nesta última observação matéria para ter queixa de mim. Eu não tenho mais amizade, nem inimizade.

Os vivos me merecem unicamente piedade; e o que me deu esta situação deliciosa em que estou, foi ter sido, às vezes, profundamente bom. Atualmente, sou sempre...

Não seria, portanto, agora que, perto da terra, estou, entretanto, longe dela, que havia de fazer recriminações a meu filho ou tentar desmoralizá-lo. Minha missão, quando me consentem, é fazer bem e aconselhar o arrependimento.

Agradeço a vocês o cuidado que tiveram com o meu enterro; mas, seja-me permitido, caros parentes e amigos, dizer a vocês uma coisa. Tudo estava lindo e rico; mas um cuidado vocês não tiveram. Por que vocês não forneceram librés novas aos cocheiros das caleças, sobretudo, ao do coche, que estava vestido de tal maneira andrajosa que causava dó?

Se vocês tiverem que fazer outro enterro, não se esqueçam de vestir bem os pobres cocheiros, com o que o defunto, caso seja como eu, ficará muito satisfeito. O brilho do cortejo será maior e vocês terão prestado uma obra de caridade.

Era o que eu tinha a dizer a vocês. Não me despeço, pelo simples motivo de que estou sempre junto de vocês. É tudo isto do José Boaventura da Silva.

N. B. – Residência, segundo a Santa Casa: Cemitério de São João Batista da Lagoa; e, segundo a sabedoria universal, em toda a parte. – J. B. S."

Posso garantir que trasladei esta carta para aqui, sem omissão de uma vírgula.

A.B C. Rio, 22 de janeiro de 1921.

Um especialista

A Bastos Tigre

Era hábito dos dous, todas as tardes, após o jantar, jogar uma partida de bilhar em cinquenta pontos, finda a qual iam, em pequenos passos, até ao Largo da Carioca tomar café e licores, e, na mesa do botequim, trocando confidências, ficarem esperando a hora dos teatros, enquanto que, dos charutos, fumaças azuladas espiralavam preguiçosamente pelo ar.

Em geral, eram as conquistas amorosas o tema da palestra; mas, às vezes; incidentemente, tratavam dos negócios, do estado da praça e da cotação das apólices.

Amor e dinheiro, eles juntavam bem e sabiamente.

O comendador era português, tinha seus cinquenta anos, e viera para o Rio aos vinte e quatro, tendo estado antes seis no Recife. O seu amigo, o Coronel Carvalho, também era português, viera, porém, aos sete para o Brasil, havendo sido no interior, logo ao chegar, caixeiro de venda, feitor e administrador de fazenda, influência política; e, por fim, por ocasião da bolsa, especulara com propriedades, ficando daí em diante senhor de uma boa fortuna e da patente de coronel da Guarda Nacional. Era um plácido burguês, gordo, ventrudo, cheio de brilhantes, empregando a sua mole atividade na gerência de uma fábrica de fósforos. Viúvo, sem filhos, levava a vida de moço rico. Frequentava *cocottes*; conhecia as escusas casas de *rendezvous*, onde era assíduo e considerado; o outro, o comendador, que era casado, deixando, porém, a mulher só no vasto casarão do Engenho Velho a se interessar pelos namoricos das filhas, tinha a mesma vida solta do seu amigo e compadre.

Gostava das mulheres de cor e as procurava com o afinco e ardor de um amador de raridades.

À noite, pelas praças mal iluminadas, andava catando-as, joeirando-as com olhos chispantes de lubricidade e, por vezes mesmo, se atrevia a seguir qualquer mais airosa pelas ruas de baixa prostituição.

– A mulata, dizia ele, é a canela, é o cravo, é a pimenta; é, enfim, a especiaria de requeime acre e capitoso que nós, os portugueses, desde Vasco da Gama, andamos a buscar, a procurar.

O coronel era justamente o contrário: só queria às estrangeiras; as francesas e italianas, bailarinas, cantoras ou simplesmente meretrizes, era o seu fraco.

Entretanto havia já quinze dias, que não se encontravam no lugar aprazado e a faltar era o comendador, a quem o coronel sabia bem por informações do seu guarda-livros.

Ao acabar a segunda semana dessa ausência imprevista, o coronel, maçado e saudoso, foi procurar o amigo na sua loja à Rua dos Pescadores. Lá o encontrou amável e de boa saúde. Explicaram-se; e entre eles ficou assentado que se veriam naquele dia, à tarde, na hora e lugar habituais.

Como sempre, jantaram fartamente e regiamente regaram o repasto com bons vinhos portugueses. Jogaram a partida de bilhar e depois, como encarrilhados, seguiram para o café de costume no Largo da Carioca.

No princípio, conversaram sobre a questão das minas de Itaoca, vindo então à baila a inépcia e a desonestidade do governo; mas logo depois, o Coronel que "tinha a pulga atrás da orelha", indagou do companheiro o motivo de tão longa ausência.

– Oh! Não te conto! Foi um "achado", a cousa, disse o comendador, depois de chupar fortemente o charuto e soltar uma volumosa baforada; um petisco que encontrei... Uma mulata deliciosa, Chico! Só vendo o que é, disse a rematar, estalando os beiços.

– Como foi isso? inquiriu o coronel pressuroso. Como foi? Conta lá!

– Assim. A última vez que estivemos juntos, não te disse que no dia seguinte iria a bordo de um paquete buscar um amigo que chegava do Norte?

– Disseste-me. E daí?

– Ouve. Espera. Cos diabos isto não vai a matar! Pois bem, fui a bordo. O amigo não veio... Não era bem meu amigo... Relações comerciais... Em troca...

Por essa ocasião rolou um carro no calçamento. Travou em frente ao café e por ele adentro entrou uma gorda mulher, cheia de plumas e sedas, e para vê-la virou-se o comendador, que estava de costas, interrompendo a narração. Olhou-a e continuou depois:

– Como te dizia: não veio o homem, mas enquanto tomava cerveja com o comissário, vi atravessar a sala uma esplêndida mulata; e tu sabes que eu...

Deixou de fumar e com olhares canalhas sublinhou a frase magnificamente.

– De indagação em indagação, soube que viera com um alferes do Exército; e murmuravam a bordo que a Alice (era seu nome, soube também) aproveitara a companhia, somente para melhor mercar aqui os seus encantos. Fazer a vida... Propositalmente, me pareceu, eu me achava ali e não perdia vaza, como tu vais ver.

Dizendo isto, endireitou o corpo, alçou um tanto a cabeça, e seguiu narrando:

– Saltamos juntos, pois viemos juntos na mesma lancha – a que eu alugara. Compreendes? E, quando embarcamos num carro, no Largo do Paço, para a pensão, já éramos conhecimentos velhos; assim pois...

– E o alferes?

– Que alferes?

– O alferes que vinha com a tua diva, filho? Já te esqueceste?

– Ah! Sim! Esse saltou na lancha do Ministério da Guerra e nunca mais o vi.

– Está direito. Continua lá a cousa.

– E... e... Onde é que estava? Hein?

– Ficaste: quando ao saltar, foram para a pensão.

– É isto! Fomos para a Pensão Baldut, no Catete; e foi, pois, assim que me apossei de um lindo primor – uma maravilha, filho, que tem feito os meus encantos nestes quinze dias – com os raros intervalos em que me aborreço em casa, ou na loja, já se vê bem.

Repousou um pouco e, retomando logo após a palavra, assim foi dizendo:

– É uma cousa extraordinária! Uma maravilha! Nunca vi mulata igual. Como esta, filho, nem a que conheci em Pernambuco há uns vinte e sete anos! Qual! Nem de longe! Calcula que ela é alta, esguia, de bom corpo; cabelos negros corridos, bem corridos: olhos pardos. É bem fornida de carnes, roliça; nariz não muito afilado, mas bom! E que boca, Chico! Uma boca breve, pequena, com uns lábios roxos, bem quentes... Só vendo mesmo! Só! Não se descreve.

O comendador falara com um ardor desusado nele; acalorara-se e se entusiasmara deveras, a ponto de haver na sua fisionomia estranhas mutações. Por todo ele havia aspecto de um suíno, cheio de lascívia, inebriado de gozo. Os olhos arredondaram-se e diminuíram; os lábios se haviam apertado fortemente e impelidos pra diante se juntavam ao jeito de um focinho; o rosto destilava gordura; e, ajudado isto pelo seu físico, tudo nele era de um colossal suíno.

– O que pretendes fazer dela? Dize lá.

– É boa... Que pergunta! Prová-la, enfeitá-la, enfeitá-la e "lançá-la". E é pouco!

– Não! Acho até que te excedes. Vê lá, tu!

– Hein? Oh! Não! Tenho gasto pouco. Um conto e pouco... Uma miséria!

Acendeu o charuto e disse subitamente, ao olhar o relógio:

– Vou buscá-la de carro, porquanto vamos ao cassino, e tu me esperas lá, pois tenho um camarote. Até já.

Saindo o seu amigo, o coronel considerou um pouco, mandou vir água Apolináris, bebeu e saiu também.

Eram oito horas da noite.

Defronte ao café, o casarão de uma ordem terceira ensombrava a praça parcamente iluminada pelos combustores de gás e por um foco elétrico ao centro. Das ruas que nela terminavam, delgados filetes de gente saíam e entravam constantemente. A praça era como um tanque a se encher e a se esvaziar equitativamente. Os bondes da Jardim semeavam pelos lados a branca luz de seus focos e, de onde em onde, um carro, um tílburi, a atravessava célere.

O coronel esteve algum tempo olhando o largo, preparou um novo charuto, acendeu-o, foi até à porta, mirou um e outro transeunte, olhou o céu recamado de estrelas, e, finalmente, devagar, partiu em direção à Lapa.

Quando entrou no cassino, ainda o espetáculo não havia começado.

Sentou-se a um banco no jardim, serviu-se de cerveja e entrou a pensar.

Aos poucos, vinham chegando os espectadores. Naquele instante entrava um. Via-se pelo acanhamento, que era um estranho às usanças da casa. Esmerado no vestir, no calçar, não tinha em troca o desembaraço com que se anuncia o *habitué*. Moço, moreno, seria elegante se não fosse a estreiteza de seus movimentos. Era um visitante ocasional, recém-chegado, talvez, do interior, que procurava ali uma curiosidade, um prazer da cidade.

Em seguida, entrou um senhor barbado, de maçãs salientes, rosto redondo, acobreado. Trazia cartola, e pelo ar solene, pelo olhar desdenhoso que atirava em volta, descobria-se nele um legislador da Cadeia Velha, deputado, representante de algum Estado do Norte, que, com certeza, há duas legislaturas influía poderosamente nos destinos do país com o seu resignado apoiado. E assim, um a um, depois aos magotes, foram entrando os espectadores. Ao fim, na cauda, retardados, vieram os frequentadores assíduos – pessoas variegadas de profissão e moral que com frequência blasonavam saber os nomes das *cocottes*, a proveniência delas e as suas excentricidades libertinas. Entre os que entravam naquele momento, entrara também o comendador e o "achado".

A primeira parte do espetáculo correra quase friamente.

Todos, homens e mulheres, guardavam as maneiras convencionadas de se estar em público. Era cedo ainda.

Em meio, porém, da segunda, as atitudes mudaram. Na cena, uma delgadinha senhora (*chanteuse à diction* – no cartaz) berrava uma cançoneta francesa. Os espectadores, com batidos das bengalas nas mesas, no assoalho, e com a voz mais ou menos comprometida, estribilhavam-na doidamente. O espetáculo ia no auge. Da sala aos camarotes subia um estranho cheiro – um odor azedo de orgia.

Centenas de charutos e cigarros a fumegar enevoavam todo ambiente.

Desprendimentos do tabaco, emanações alcoólicas, e, a mais, uma fortíssima exalação de sensualidade e lubricidade, davam à sala o aspecto repugnante de uma vasta bodega.

Mais ou menos embriagado, cada um dos espectadores tinha para com a mulher com quem bebia, gestos livres de alcova. Francesas, italianas, húngaras, espanholas, essas mulheres, de dentro das rendas, surgiam espectrais, apagadas, lívidas como moribundas. Entretanto, ou fosse o álcool ou o prestígio de peregrinas, tinham sobre aqueles homens um misterioso ascendente. A esquerda, na plateia, o majestoso deputado da entrada coçava despudoradamente a nuca da Dermalet, uma francesa; em frente o doutor Castrioto, lente de uma escola superior, babava-se todo a olhar as pernas da cantora em cena, enquanto em um camarote defronte, o Juiz

Siqueira apertava-se à Mercedes, uma bailarina espanhola, com o fogo de um recém-casado à noiva.

Um sopro de deboche percorria homem a homem.

Dessa forma o espetáculo desenvolvia-se no mais fervoroso entusiasmo e o coronel, no camarote, de soslaio, pusera-se a observar a mulata. Era bonita de fato e elegante também. Viera com um vestido creme de pintas pretas, que lhe assentava magnificamente.

O seu rosto harmonioso, enquadrado num magnífico chapéu de palha preta, saía firme do pescoço roliço que a blusa decotada deixava ver. Seus olhos curiosos, inquietos, voavam de um lado a outro e a tez de bronze novo cintilava à luz dos focos. Através do vestido se lhe adivinhavam as formas; e, por vezes, ao arfar, ela toda trepidava de volúpia...

O comendador pachorrentamente assistia ao espetáculo e fora do costume, pouco conversou. O amigo, pudicamente não insistiu no exame.

Quando saíram de permeio à multidão, acumulada no corredor da entrada, o coronel teve ocasião de verificar o efeito que fizera a companheira do amigo. Ficando mais atrás, pôde ir recolhendo os ditos e as observações que a passagem deles ia sugerindo a cada um.

Um rapazola dissera:

– Que "mulatão"!

Um outro refletiu:

– Esses portugueses são os demônios para descobrir boas mulatas. É faro.

Ao passarem os dois, alguém, a quem ele não viu, maliciosamente observou:

– Parecem pai e filha.

E essa reflexão de pequeno alcance na boca que a proferiu, calou fundo no ânimo do coronel.

Os queixos eram iguais, as sobrancelhas, arqueadas, também; o ar, um não sei quê de ambos assemelhavam-se... Vagas semelhanças, concluiu o coronel ao sair à rua, quando uma baforada de brisa marinha lhe acariciou o rosto afogueado.

Já o carro rolava rápido pela rua quieta – quietude agora perturbada pelas vozes esquentadas dos espectadores saídos e pelas falsas risadas de suas companheiras – quando o comendador, levantando-se no estrado da carruagem, ordenou ao cocheiro que parasse no hotel, antes de tocar para a pensão. A sala sombria e pobre do hotel tinha sempre por aquela hora uma aparência brilhante. A agitação que ia nela; as sedas roçagantes e os chapéus vistosos das mulheres; a profusão de luzes, o irisado das plumas, os perfumes requintados que voavam pelo ambiente; transmudavam-na de sua habitual fisionomia pacata e remediada. As pequenas mesas, pejadas de pratos e garrafas, estavam todas elas ocupadas. Em cada, uma ou duas mulheres sentavam-se, seguidas de um ou dous cavalheiros. Sílabas breves do francês, sons guturais do espanhol, dulçorosas terminações italianas, chocavam-se, brigavam.

Do português nada se ouvia, parecia que se escondera de vergonha.

Alice, o comendador e o coronel, sentaram-se a uma mesa redonda em frente à entrada. A ceia foi lauta e abundante. A sobremesa, os três convivas repentinamente animados, puseram-se a conversar com calor. A mulata não gostara do Rio; preferia o Recife. Lá sim! O céu era outro; as comidas tinham outro sabor, melhor e mais quente. Quem não se recordaria sempre de uma frigideira de camarões com maturins ou de um bom feijão com leite de coco?

Depois, mesmo a cidade era mais bonita; as pontes, os rios, o teatro, as igrejas.

E os bairros então? A Madalena, Olinda... No Rio, ela concordava, havia mais povo, mais dinheiro; mas Recife era outra cousa, era tudo...

– Você tem razão, disse o comendador; Recife é bonito, e muito mais...

– O senhor, já esteve lá?

– Seis anos; filha, seis anos; e levantou a mão esquerda à altura dos olhos, correu-a pela testa, contornou com ela a cabeça, descansou-a afinal na perna e acrescentou: comecei lá minha carreira comercial e tenho muitas saudades. Onde você morava?

– Ultimamente à Rua da Penha, mas nasci na de João de Barro, perto do Hospital de Santa Águeda...

– Morei lá também, disse ele distraído.

– Criei-me pelas bandas de Olinda, continuou Alice, e por morte de minha mãe vim para a casa do doutor Hildebrando, colocada pelo juiz...

– Há muito que tua mãe morreu? indagou o coronel.

– Há oito anos quase, respondeu ela.

– Há muito tempo, refletiu o coronel; e logo perguntou: que idade tens?

– Vinte e seis anos, fez ela. Fiquei órfã aos dezoito. Durante esses oito anos tenho rolado por esse mundo de Cristo e comido o pão que o diabo amassou. Passando de mão em mão, ora nesta, ora naquela, a minha vida tem sido um tormento. Até hoje só tenho conhecido três homens que me dessem alguma coisa; os outros Deus me livre deles! – só querem meu corpo e o meu trabalho. Nada me davam, espancavam-me, maltratavam-me. Uma vez, quando vivia com um sargento do Regimento de Polícia, ele chegou em casa embriagado, tendo jogado e perdido tudo, queria obrigar-me a lhe dar trinta mil-réis, fosse como fosse.

Quando lhe disse que não tinha e o dinheiro das roupas que eu lavava, só chegava naquele mês para pagar a casa, ele fez um escarcéu. Descompôs-me. Ofendeu-me. Por fim, cheio de fúria agarrou-me pelo pescoço, esbofeteou-me, deitou-me em terra, deixando-me sem fala e a tratar-me no hospital. Um outro – um malvado em cujas mãos não sei como fui cair – certa vez, altercamos, e deu-me uma facada do lado esquerdo, da qual ainda tenho sinal! Tem sido um tormento... Bem me dizia minha mãe:

toma cuidado, minha filha, toma cuidado. Esses homens só querem nosso corpo por segundos, depois vão-se e nos deixam um filho nos quartos, quando não nos roubam como fez meu pai comigo...

– Como?... Como foi isso? interrogou admirado o coronel.

– Não sei bem como foi, retrucou ela. Minha mãe me contava que ela era honesta; que vivia na cidade do Cabo com seus pais, de cuja companhia fora seduzida por um caixeiro português que lá aparecera e com quem veio para o Recife. Nasci deles e dous meses, ou mais depois do meu nascimento, meu pai foi ao Cabo liquidar a herança (um sítio, uma vaca, um cavalo) que coubera à minha mãe por morte de seus pais. Vindo de receber a herança, partiu dias depois para aqui e nunca mais ela soube notícias dele, nem do dinheiro, que, vendido o herdado, lhe ficara dos meus avós.

– Como se chamava teu pai? indagou o comendador com estranho entono.

– Não me lembra bem; era Mota ou Costa... Não sei... Mas o que é isso? disse ela de repente, olhando o comendador. Que tem o senhor?

– Nada... Nada... retrucou o comendador experimentando um sorriso. Você não se lembra das feições desse homem? interrogou ele.

– Não me lembra, não. Que interesse! Quem sabe que o senhor não é meu pai? gracejou ela.

O gracejo caiu de chofre naqueles dous espíritos tensos, como uma ducha frigidíssima. O coronel olhava o comendador que tinha as faces em brasa; este, àquele; por fim depois de alguns segundos o coronel querendo dar uma saída à situação, simulou rir-se e perguntou:

– Você nunca mais soube alguma cousa... qualquer cousa? Hein?

– Nada... Que me lembre, nada... Ah! Espere... Foi... É. Sim! Seis meses antes da morte de minha mãe, ouvi dizer em casa, não sei por quem, que ele estava no Rio implicado num caso de moeda falsa. É o que me lembra, disse ela.

– O que? Quando foi isso? indagou pressuroso o comendador.

A mulata, que ainda não se havia bem apercebido do estado do comendador, respondeu ingenuamente:

– Mamãe morreu em setembro de 1893, por ocasião da revolta... Ouvi contar essa história em fevereiro. É isso.

O comendador não perdera uma sílaba; e, com a boca meio aberta, parecia querê-las engolir uma e uma; com as faces congestionadas e os olhos esbugalhados, a sua fisionomia estava horrível.

O coronel e a mulata, extáticos, estuporados, entreolhavam-se.

Durante um segundo nada se lhes antolhava fazer. Ficaram como idiotas; em breve, porém, o comendador, num supremo esforço, disse com voz sumida:

– Meu Deus! É minha filha!

O filho de Gabriela

A Antônio Noronha Santos

"Chaque progrès, au fond, est un avortement
Mais l'échec même sert".
Guyau

– Absolutamente não pode continuar assim... Já passa... É todo o dia! Arre!

– Mas é meu filho, minh'ama.

– E que tem isso? Os filhos de vocês agora têm tanto luxo. Antigamente, criavam-se à toa; hoje, é um deus nos acuda; exigem cuidados, têm moléstias... Fique sabendo: não pode ir amanhã!

– Ele vai melhorando, Dona Laura; e o doutor disse que não deixasse de levá-lo lá, amanhã...

– Não pode, não pode, já lhe disse! O conselheiro precisa chegar cedo à escola; há exames e tem que almoçar cedo... Não vai, não senhora! A gente tem criados pra que? Não vai, não!

– Vou, e vou sim!... Que bobagem!... Quer matar o pequeno, não é? Pois sim... Está-se "ninando"...

– O que é que você disse, hein?

– É isso mesmo: vou e vou!

– Atrevida.

– Atrevida é você, sua... Pensa que não sei...

Em seguida as duas mulheres se puseram caladas durante um instante: a patroa – uma alta senhora, ainda moça, de uma beleza suave e marmórea – com os lábios finos muito descorados e entreabertos, deixando ver os dentes aperolados, muito iguais, cerrados de cólera; a criada agitada, transformada, com faiscações desusadas nos olhos pardos e tristes. A patroa não se demorou assim muito tempo. Violentamente contraída naquele segundo a sua fisionomia repentinamente se abriu num choro convulsivo.

A injúria da criada, decepções matrimoniais, amarguras do seu ideal amoroso, fatalidades de temperamento, todo aquele obscuro drama de sua alma, feito de uma porção de coisas que não chegava bem a colher, mas nas malhas das quais se sentia presa e sacudida, subiu-lhe de repente à consciência, e ela chorou.

Na sua simplicidade popular, a criada também se pôs a chorar, enternecida pelo sofrimento que ela mesma provocara na ama.

E ambas, pelo fim dessa transfiguração inopinada, entreolharam-se surpreendidas, pensando que se acabavam de conhecer naquele instante, tendo até ali vagas notícias uma da outra, como se vivessem longe, tão longe, que só agora haviam distinguido bem nitidamente o tom de voz próprio a cada uma delas.

No entendimento peculiar de uma e de outra, sentiram-se irmãs na desoladora mesquinhez da nossa natureza e iguais, como frágeis consequências de um misterioso encadear de acontecimentos, cuja ligação e fim lhes escapavam completamente, inteiramente...

A dona da casa, à cabeceira da mesa de jantar, manteve-se silenciosa, correndo, de quando em quando, o olhar ainda úmido pelas ramagens do atoalhado, indo, às vezes, com ele até à bandeira da porta defronte, donde pendia a gaiola do canário, que se sacudia na prisão niquelada.

De pé, a criada avançou algumas palavras. Desculpou-se inábil e despediu-se humilde.

– Deixe-se disso, Gabriela, disse Dona Laura. Já passou tudo; eu não guardo rancor; fique! Leve o pequeno amanhã... Que vai você fazer por esse mundo afora?

– Não senhora... Não posso... É que...

E de um hausto falou com tremuras na voz:

– Não posso, não minh'ama; vou-me embora!

Durante um mês, Gabriela andou de bairro em bairro, à procura de aluguel. Pedia lessem-lhe anúncios, corria, seguindo as indicações, a casas de gente de toda a espécie.

– Sabe cozinhar? perguntavam.

– Sim, senhora, o trivial.

– Bem e lavar? Serve de ama?

– Sim, senhora; mas se fizer uma coisa, não quero fazer outra.

– Então, não me serve, concluía a dona da casa. É um luxo... Depois queixam-se que não têm onde se empreguem...

Procurava outras casas; mas nesta já estavam servidas, naquela o salário era pequeno e naquela outra queriam que dormisse em casa e não trouxesse o filho.

A criança, durante esse mês, viveu relegada a um canto da casa de uma conhecida da mãe. Um pobre quarto de estalagem, úmido que nem uma masmorra. De manhã, via a mãe sair; à tarde, quase à boca da noite, via-a entrar desconfortada. Pelo dia em fora, ficava num abandono de enternecer. A hóspede, de longe em longe, olhava-o cheia de raiva. Se chorava aplicava--lhe palmadas e gritava colérica:

– Arre diabo! A vagabunda de tua mãe anda saracoteando... Cala a boca, demônio! Quem te fez, que te ature...

Aos poucos, a criança torrou-se de medo; nada pedia, sofria fome, sede, calado. Enlanguescia a olhos vistos e sua mãe, na caça de aluguel, não tinha tempo para levá-lo ao doutor do posto médico. Baço, amarelado, tinha as pernas que nem palitos e o ventre como o de um batráquio. A mãe notava-lhe o enfraquecimento, os progressos da moléstia e desesperava, não sabendo que alvitre tomar. Um dia pelos outros, chegava em casa semiembriagada, escorraçando o filho e trazendo algum dinheiro. Não confessava a ninguém a origem dele; em outros mal entrava, beijava muito o pequeno, abraçava-o. E assim corria a cidade. Numa destas correrias passou pela porta do conselheiro, que era o marido de Dona Laura. Estava no portão, a lavadeira, parou e falou-lhe; nisto, viu aparecer a sua antiga patroa numa janela lateral. "Bom dia, minh'ama." "Bom dia, Gabriela. Entre." Entrou. A esposa do conselheiro perguntou-lhe se já tinha emprego; respondeu-lhe que não. "Pois olha, disse-lhe a senhora, eu ainda não arranjei cozinheira, se tu queres..."

Gabriela quis recusar, mas Dona Laura insistiu.

Entre elas, parecia que havia agora certo acordo íntimo, um quê de mútua proteção e simpatia. Uma tarde em que Dona Laura voltava da cidade, o filho da Gabriela, que estava no portão, correu imediatamente para a moça e disse-lhe, estendendo a mão: "a bênção". Havia tanta tristeza no seu gesto, tanta simpatia e sofrimento, que aquela alta senhora não lhe pôde negar a esmola de um afago, de uma carícia sincera. Nesse dia, a cozinheira notou que ela estava triste e, no dia seguinte, não foi sem surpresa que Gabriela se ouviu chamar.

– O Gabriela!

– Minh'ama.

– Vem cá.

Gabriela concertou-se um pouco e correu à sala de jantar, onde estava a ama.

– Já batizaste o teu pequeno? perguntou-lhe ela ao entrar.

– Ainda não.

– Por quê? Com quatro anos!

– Por quê? Porque ainda não houve ocasião...

– Já tens padrinhos?

– Não, senhora.

– Bem; eu e o conselheiro vamos batizá-lo. Aceitas?

Gabriela não sabia como responder, balbuciou alguns agradecimentos e voltou ao fogão com lágrimas nos olhos.

O conselheiro condescendeu e cuidadosamente começou a procurar um nome adequado. Pensou em Huáscar, Ataliba, Guatemozim; consultou dicionários, procurou nomes históricos, afinal resolveu-se por "Horácio", sem saber por quê.

Assim se chamou e cresceu. Conquanto tivesse recebido um tratamento médico regular e a sua vida na casa do conselheiro fosse relativamente confortável, o pequeno Horácio não perdeu nem a reserva nem o enfezado dos seus primeiros anos de vida. A proporção que crescia, os traços se desenhavam, alguns finos: o corte da testa, límpida e reta; o olhar doce e triste, como o da mãe, onde havia, porém, alguma coisa a mais um fulgor, certas expressões particulares, principalmente quando calado e concentrado. Não obstante, era feio, embora simpático e bom de ver.

Pelos seis anos, mostrava-se taciturno, reservado e tímido, olhando interrogativamente as pessoas e coisas, sem articular uma pergunta. Lá vinha um dia, porém, que o Horácio rompia numa alegria ruidosa; punha-se a correr, a brincar, a cantarolar, pela casa toda, indo do quintal para as salas, satisfeito, contente, sem motivo e sem causa.

A madrinha espantava-se com esses bruscos saltos de humor, queria entendê-los, explicá-los e começou por se interessar pelos seus trejeitos. Um dia, vendo o afilhado a cantar, a brincar, muito contente, depois de uma porção de horas de silêncio e calma, correu ao piano e acompanhou-lhe a cantiga, depois, emendou com uma ária qualquer. O menino calou-se, sentou-se no chão e pôs-se a olhar, com olhos tranquilos e calmos, a madrinha, inteiramente delido nos sons que saíam dos seus dedos. E quando o piano parou, ele ainda ficou algum tempo esquecido naquela postura, com o olhar perdido numa cisma sem fim. A atitude imaterial do menino tocou a madrinha, que o tomou ao colo, abraçando-o e beijando-o, num afluxo de ternura, a que não eram estranhos os desastres de sua vida sentimental.

Pouco depois a mãe lhe morria. Até então vivia numa semidomesticidade. Daí em diante, porém, entrou completamente na família do Conselheiro Calaça. Isso, entretanto, não lhe retirou a taciturnidade e a reserva; ao contrário, fechou-se em si e nunca mais teve crises de alegria.

Com sua mãe ainda tinha abandonos de amizade, efusões de carícias e abraços. Morta que ela foi, não encontrou naquele mundo tão diferente, pessoa a quem se pudesse abandonar completamente, embora pela madrinha continuasse a manter uma respeitosa e distante amizade, raramente aproximada por uma carícia, por um afago. Ia para o colégio calado, taciturno, quase carrancudo, e, se, pelo recreio, o contágio obrigava-o a entregar-se à alegria e aos folguedos, bem cedo se arrependia, encolhia-se e sentava-se, vexado, a um canto. Voltava do colégio como fora, sem brincar pelas ruas, sem traquinadas, severo e insensível. Tendo uma vez brigado com um colega, a professora o repreendeu severamente, mas o conselheiro, seu padrinho, ao saber do caso, disse com rispidez: "Não continue assim, hein? O senhor não pode brigar, está ouvindo?"

E era assim sempre o seu padrinho, duro, desdenhoso, severo em demasia com o pequeno, de quem não gostava, suportando-o unicamente em atenção à mulher – maluquices da Laura, dizia ele. Por vontade dele, tinha-o posto logo num asilo de menores, ao morrer-lhe a mãe; mas a madrinha não quis e chegou até a conseguir que o marido o colocasse num estabelecimento oficial de instrução secundária, quando acabou com brilho o curso primário.

Não foi sem resistência que ele acedeu, mas os rogos da mulher, que agora juntava à afeição pelo pequeno uma secreta esperança no seu talento, tanto fizeram que o conselheiro se empenhou e obteve.

Em começo, aquela adoção fora um simples capricho de Dona Laura; mas, com o tempo, os seus sentimentos pelo menino foram ganhando importância e ficando profundos, embora exteriormente o tratasse com um pouco de cerimônia.

Havia nela mais medo da opinião, das sentenças do conselheiro, do que mesmo necessidade de disfarçar o que realmente sentia, e pensava.

Quem a conheceu solteira, muito bonita, não a julgaria capaz de tal afeição; mas, casada, sem filhos, não encontrando no casamento nada que sonhara, nem mesmo o marido, sentiu o vazio da existência, a inanidade dos seus sonhos, o pouco alcance da nossa vontade; e, por uma reviravolta muito comum, começou a compreender confusamente todas as vidas e almas, a compadecer-se e a amar tudo, sem amar bem coisa alguma. Era uma parada de sentimento e a corrente que se acumulara nela, perdendo-se do seu leito natural, extravasara e inundara tudo.

Tinha um amante e já tivera outros, mas não era bem a parte mística do amor que procurara neles. Essa, ela tinha certeza que jamais podia encontrar; era a parte dos sentidos tão exuberantes e exaltados depois das suas contrariedades morais.

Pelo tempo em que o seu afilhado entrara para o colégio secundário, o amante rompera com ela; e isto a fazia sofrer, tinha medo de não possuir mais beleza suficiente para arranjar um outro como "aquele", e a esse desastre sentimental não foi estranha a energia dos seus rogos junto ao marido para admissão do Horácio no estabelecimento oficial.

O conselheiro, homem de mais de sessenta anos, continuava superiormente frio, egoísta e fechado, sonhando sempre uma posição mais alta ou que julgava mais alta. Casara-se por necessidade decorativa. Um homem de sua posição não podia continuar viúvo; atiraram-lhe aquela menina pelos olhos, ela o aceitou por ambição e ele por conveniência. No mais, lia os jornais, o câmbio especialmente, e, de manhã passava os olhos nas apostilas de sua cadeira – apostilas por ele organizadas, há quase trinta anos, quando dera as suas primeiras lições, moço, de vinte e cinco anos, genial nas aprovações e nos prêmios.

Horácio, toda a manhã, ao sair para o colégio, lá avistava o padrinho atarraxado na cadeira de balanço a ler atentamente o jornal: A bênção, meu padrinho! Deus te abençoe –Dizia ele, sem menear a cabeça do espaldar e no mesmo tom de voz com que pediria os chinelos à criada.

Em geral, a madrinha estava deitada ainda e o menino saía para o ambiente ingrato da escola, sem um adeus, sem dar um beijo, sem ter quem lhe reparasse familiarmente o paletó. Lá ia. A viagem de bonde, ele a fazia humilde, espremido a um canto do veículo, medroso que seu paletó roçasse as sedas de uma rechonchuda senhora ou que seus livros tocassem nas calças de um esquelético capitão de uma milícia qualquer. Pelo caminho, arquitetava fantasias; seu espírito divagava sem nexo. À passagem de um oficial a cavalo, imaginava-se na guerra, feito general, voltando vencedor, vitorioso de ingleses, de alemães, de americanos e entrando pela Rua do Ouvidor aclamado como nunca se fora aqui. Na sua cabeça ainda infantil, em que a fraqueza de afetos próximos concentrava o pensamento, a imaginação palpitava, tinha uma grande atividade, criando toda a espécie de fantasmagorias que lhe apareciam como fatos possíveis, virtuais.

Eram-lhe as horas de aula um bem triste momento. Não que fosse vadio, estudava o seu bocado, mas o espetáculo do saber, por um lado grandioso e apoteótico, pela boca dos professores, chegava-lhe tisnado e um quê desarticulado. Não conseguia ligar bem umas coisas às outras, além do que tudo aquilo lhe aparecia solene, carrancudo e feroz. Um teorema tinha o ar autoritário de um régulo selvagem; e aquela gramática cheia de regrinhas, de exceções, uma coisa cabalística, caprichosa e sem aplicação útil.

O mundo parecia-lhe uma coisa dura, cheia de arestas cortantes, governado por uma porção de regrinhas de três linhas, cujo segredo e aplicação estavam entregues a uma casta de senhores, tratáveis uns, secos outros, mas todos velhos e indiferentes.

Aos seus exames ninguém assistia, nem por eles alguém se interessava; contudo, foi sempre regularmente aprovado.

Quando voltava do colégio, procurava a madrinha e contava-lhe o que se dera nas aulas. Narrava-lhe pequenas particularidades do dia, as notas que obtivera e as travessuras dos colegas.

Uma tarde, quando isso ia fazer, encontrou Dona Laura atendendo a uma visita. Vendo-o entrar e falar à dona da casa, tomando-lhe a bênção a senhora estranha perguntou: "Quem é esse pequeno?" "É meu afilhado", disse-lhe Dona Laura. "Teu afilhado? Ahn! Sim! É o filho da Gabriela..."

Horácio ainda esteve um instante calado, estatelado e depois chorou nervosamente.

Quando se retirou observou a visita à madrinha:

– Você está criando mal esta criança. Faz-lhe muitos mimos, está lhe dando nervos...

– Não faz mal. Podem levá-lo longe.

E assim corria a vida do menino em casa do conselheiro.

Um domingo ou outro, só ou com um companheiro, vagava pelas

praias, pelos bondes ou pelos jardins. O Jardim Botânico era-lhe preferido. Ele e o seu constante amigo Salvador sentavam-se a um banco, conversavam sobre os estudos comuns, maldiziam este ou aquele professor. Por fim, a conversa vinha a enfraquecer; os dois se calavam instantes. Horácio deixava-se penetrar pela flutuante poesia das coisas, das árvores, dos céus, das nuvens; acariciava com o olhar as angustiadas colunas das montanhas, simpatizava com o arremesso dos píncaros, depois deixava-se ficar, ao chilreio do passaredo, cismando vazio, sem que a cisma lhe fizesse ver coisa definida, palpável pela inteligência. Ao fim, sentia-se como que liquefeito, vaporizado nas coisas era como se perdesse o feitio humano e se integrasse naquele verde escuro da mata ou naquela mancha faiscante de prata que a água a correr deixava na encosta da montanha. Com que volúpia, em tais momentos, ele se via dissolvido na natureza, em estado de fragmentos, em átomos, sem sofrimento, sem pensamento, sem dor! Depois de ter ido ao indefinido, apavorava-se com o aniquilamento e voltava a si, aos seus desejos, às suas preocupações com pressa e medo.

– Salvador, de que gostas mais, do inglês ou francês?

– Eu, do francês, e tu?

– Do inglês.

– Por quê?

– Porque pouca gente o sabe.

A confidência saía-lhe a contragosto, era dita sem querer. Temeu que o amigo o supusesse vaidoso. Não era bem esse sentimento que o animava; era uma vontade de distinção, de reforçar a sua individualidade, que ele sentia muito diminuída pelas circunstâncias ambientes. O amigo não entrava na natureza do seu sentimento e despreocupadamente perguntou:

– Horácio, já assististe uma festa de São João?

– Nunca.

– Queres assistir uma?

– Quero, onde?

– Na ilha, em casa de meu tio.

Pela época, a madrinha consentiu. Era um espetáculo novo; era um outro mundo que se abria aos seus olhos. Aquelas longas curvas das praias, que perspectivas novas não abriam em seu espírito! Ele se ia todo nas cristas brancas das ondas e nos largos horizontes que descortinava.

Em chegando a noite, afastou-se da sala. Não entendia aqueles folguedos, aquele dançar sôfrego, sem pausa, sem alegria, como se fosse um castigo. Sentado a um banco do lado de fora, pôs-se a apreciar a noite, isolado, oculto, fugido, solitário, que se sentia ser no ruído da vida. Do seu canto escuro, via tudo mergulhado numa vaga semiluz. No céu negro, a luz pálida das estrelas; na cidade defronte, o revérbero da iluminação; luz, na fogueira votiva, nos balões ao alto, nos foguetes que espoucavam, nos fogaréus das proximidades e das distâncias – luzes contínuas, instantâneas, pálidas, fortes; e todas no conjunto pareciam representar um esforço enorme para espancar as trevas daquela noite de mistérios.

No seio daquela bruma iluminada, as formas das árvores boiavam como espectros; o murmúrio do mar tinha alguma coisa de penalizado diante do esforço dos homens e dos astros para clarear as trevas. Havia naquele instante, em todas as almas, um louco desejo de decifrar o mistério que nos cerca; e as fantasias trabalhavam para idear meios que nos fizessem comunicar com o Ignorado, com o Invisível. Pelos cantos sombrios da chácara pessoas deslizavam. Iam ao poço ver a sombra – sinal de que viveriam o ano; iam disputar galhos de arruda ao diabo; pelas janelas, deixavam copos com ovos partidos para que o sereno, no dia seguinte, trouxesse as mensagens do Futuro.

O menino, sentindo-se arrastado por aquele frêmito de augúrio e feitiçaria, percebeu bem como vivia envolvido, mergulhado, no indistinto, no indecifrável; e uma onda de pavor, imensa e aterradora, cobriu-lhe o sentimento.

Dolorosos foram os dias que se seguiram. O espírito sacolejou-lhe o corpo violentamente. Com afinco estudava, lia os compêndios; mas não compreendia, nada retinha. O seu entendimento como que vazava. Voltava, lia, lia e lia e, em seguida, virava as folhas sofregamente, nervosamente, como se quisesse descobrir debaixo delas um outro mundo cheio de bondade e satisfação. Horas havia que ele desejava abandonar aqueles livros, aquela lenta aquisição de noções e ideias, reduzir-se e anular-se; horas havia, porém, que um desejo ardente lhe vinha de saturar-se de saber, de absorver todo o conjunto das ciências e das artes. Ia de um sentimento para outro; e foi vã a agitação. Não encontrava solução, saída; a desordem das ideias e a incoerência das sensações não lhe podiam dar uma e cavavam-lhe a saúde. Tornou-se mais flébil, fatigava-se facilmente. Amanhecia cansado de dormir e dormia cansado de estar em vigília. Vivia irritado, raivoso, não sabia contra quem.

Certa manhã, ao entrar na sala de jantar, deu com o padrinho a ler os jornais, segundo o seu hábito querido.

– Horácio, você passe na casa do Guedes e traga-me a roupa que mandei consertar.

– Mande outra pessoa buscar.

– O que?

– Não trago.

– Ingrato! Era de esperar...

E o menino ficou admirado diante de si mesmo, daquela saída de sua habitual timidez.

Não sabia onde tinha ido buscar aquele desaforo imerecido, aquela tola má-criação; saiu-lhe como uma coisa soprada por outro e que ele unicamente pronunciasse.

A madrinha interveio, aplainou as dificuldades; e, com a agilidade de espírito peculiar ao sexo, compreendeu o estado d'alma do rapaz. Reconstituiu-o com os gestos, com os olhares, com as meias palavras, que percebera em tempos diversos e cuja significação lhe escapara no momento, mas que aquele ato, desusadamente brusco e violento, aclarava por completo. Viu-lhe o sofrimento de viver à parte, a transplantação violenta, a falta de simpatia, o princípio de ruptura que existia em sua alma, e que o fazia passar aos extremos das sensações e dos atos.

Disse-lhe coisas doces, ralhou-o, aconselhou-o, acenou-lhe com a fortuna, a glória e o nome.

Foi Horácio para o colégio abatido, preso de um estranho sentimento de repulsa, de nojo por si mesmo. Fora ingrato, de fato; era um monstro. Os padrinhos lhe tinham dado tudo, educado, instruído. Fora sem querer, fora sem pensar; e sentia bem que a sua reflexão não entrara em nada naquela resposta que dera ao padrinho. Em todo o caso, as palavras foram suas, foram ditas com sua voz e a sua boca, e se lhe nasceram do íntimo sem a colaboração da inteligência, devia acusar-se de ser fundamentalmente mau...

Pela segunda aula, pediu licença. Sentia-se doente, doía-lhe a cabeça e parecia que lhe passavam um archote fumegante pelo rosto.

– Já, Horácio? perguntou-lhe a madrinha, vendo-o entrar.

– Estou doente.

E dirigiu-se para o quarto. A madrinha seguiu-o. Chegado que foi, atirou-se à cama, ainda meio vestido.

– Que é que você tem, meu filho?

– Dores de cabeça... um calor...

A madrinha tomou-lhe o pulso, assentou as costas da mão na testa e disse-lhe ainda algumas palavras de consolação: que aquilo não era nada; que o padrinho não lhe tinha rancor; que sossegasse.

O rapaz, deitado, com os olhos semicerrados, parecia não ouvir; voltava-se de um lado para outro; passava a mão pelo rosto, arquejava e debatia-se. Um instante pareceu sossegar; ergueu-se sobre o travesseiro e chegou a mão aos olhos, no gesto de quem quer avistar alguma coisa ao longe. A estranheza do gesto assustou a madrinha.

– Horácio!... Horácio!...

– Estou dividido... Não sai sangue...

– Horácio, Horácio, meu filho!

– Faz sol... Que sol!... Queima...Árvores enormes... Elefantes...

– Horácio, que é isso? Olha; é tua madrinha!

– Homens negros... fogueiras... Um se estorce... Chi! Que coisa!... O meu pedaço dança...

– Horácio! Genoveva, traga água de flor... Depressa, um médico... Vá chamar, Genoveva!

– Já não é o mesmo... é outro... lugar, mudou... uma casinha branca... carros de bois... nozes... figos... lenços...

– Acalma-te, meu filho!

– Ué! Chi! Os dois brigam...

Daí em diante a prostração tomou-o inteiramente. As últimas palavras não saíam perfeitamente articuladas. Pareceu sossegar. O médico entrou, tomou a temperatura, examinou-o e disse com a máxima segurança:

– Não se assuste, minha senhora. É delírio febril, simplesmente. Dê-lhe o purgante, depois as cápsulas, que, em breve, estará bom.

A mulher do Anacleto

Este caso se passou com um antigo colega meu de repartição.

Ele, em começo, era um excelente amanuense, pontual, com magnífica letra e todos os seus atributos do ofício faziam-no muito estimado dos chefes.

Casou-se bastante moço e tudo fazia crer que o seu casamento fosse dos mais felizes. Entretanto, assim não foi.

No fim de dous ou três anos de matrimônio, Anacleto começou a desandar furiosamente. Além de se entregar à bebida, deu-se também ao jogo.

A mulher muito naturalmente começou a censurá-lo.

A princípio, ele ouvia as observações da cara metade com resignação; mas, em breve, enfureceu-se com elas e deu em maltratar fisicamente a pobre rapariga.

Ela estava no seu papel, ele, porém, é que não estava no dele.

Motivos secretos e muito íntimos, talvez explicassem a sua transformação; a mulher, porém, é que não queria entrar em indagações psicológicas e reclamava. As respostas a essas acabaram por pancadaria grossa. Suportou-a durante algum tempo. Um dia, porém, não esteve mais pelos autos e abandonou o lar precário. Foi para a casa de um parente e de uma amiga, mas, não suportando a posição inferior de agregada, deixou-se cair na mais relaxada vagabundagem de mulher que se pode imaginar.

Era uma verdadeira "catraia" que perambulava suja e rota pelas praças mais reles deste Rio de Janeiro.

Quando se falava a Anacleto sobre a sorte da mulher, ele se enfurecia doidamente:

– Deixe essa vagabunda morrer por aí! Qual minha mulher, qual nada!

E dizia cousas piores e injuriosas que não se podem por aqui.

Veio a mulher a morrer, na praça pública; e eu que suspeitei, pelas notícias dos jornais, fosse ela, apressei-me em recomendar a Anacleto que fosse reconhecer o cadáver. Ele gritou comigo:

– Seja ou não seja! Que morra ou viva, para mim vale pouco!

Não insisti, mas tudo me dizia que era a mulher do Anacleto que estava como um cadáver desconhecido no necrotério.

Passam-se anos, o meu amigo Anacleto perde o emprego, devido à desordem de sua vida. Ao fim de algum tempo, graças à interferência de velhas amizades, arranja um outro, num Estado do Norte.

Ao fim de um ano ou dous, recebo uma carta dele, pedindo-me arranjar na polícia certidão de que sua mulher havia morrido na via pública e fora enterrada pelas autoridades públicas, visto ter ele casamento contratado com uma viúva que tinha "alguma cousa", e precisar também provar o seu estado de viuvez.

Dei todos os passos para tal, mas era completamente impossível. Ele não quisera reconhecer o cadáver de sua desgraçada mulher e para todos os efeitos continuava a ser casado.

E foi assim que a esposa do Anacleto vingou-se postumamente. Não se casou rico, como não se casará nunca mais.

O caçador doméstico

O Simões era descendente de uma famosa família dos Feitais, do Estado do Rio, de que o 13 de maio arrebatou mais de mil escravos.

Uma verdadeira fortuna, porque escravo, naquelas épocas, apesar da agitação abolicionista, era mercadoria valorizada. Valia bem um conto de réis a cabeça, portanto os tais de Feitais perderam cerca ou mais de mil contos.

De resto, era mercadoria que não precisava muitos cuidados. Antes da lei do ventre livre, a sua multiplicação ficava aos cuidados dos senhores e depois... também.

Esses Feitais eram célebres pelo sadio tratamento de gado de engorda que davam aos seus escravos e também pela sua teimosia escravagista.

Se não eram requintadamente cruéis para com os seus cativos, tinham, em oposição, um horror extraordinário à carta de alforria.

Não davam uma, fosse por que pretexto fosse.

Conta-se até que o velho Feital, tendo um escravo mais claro que mostrava aptidões para os estudos, dera-lhe professores e o matriculara na Faculdade de Medicina.

Quando o rapaz ia terminar o curso, retirara-o dela, trouxera-o para a fazenda, da qual o fizera médico, mas nunca lhe dera carta de liberdade, embora o tratasse como homem livre e o fizesse tratar assim por todos.

Simões vinha dessa gente que empobrecera de uma hora para outra.

Muito tapado, não soubera aproveitar as relações de família, para formar-se em qualquer cousa e arranjar boas sinecuras, entre as quais a de deputado, para a qual estava a calhar, pois de família do partido escravagista-conservador, tinha o mais lindo estofo para ser um republicano do mais puro quilate brasileiro.

Fez-se burocrata; e, logo que os vencimentos deram para a cousa, casou com uma Magalhães Borromeu, de Santa Maria Madalena, cuja família também se havia arruinado com a abolição.

Na repartição, o Simões não se fez de trouxa. Aproveitou as relações e amizades de família, para promoções, preterindo toda a gente.

Quando chegou, aí, por chefe de seção; lembrou-se que descendia de gente de lavoura e mudou-se para os subúrbios, onde teria alguma ideia da roça, onde nascera.

Os restos de matas que há por aquelas paragens, deram-lhe lembranças saudosas da sua mocidade nas fazendas de seus tios. Lembrou-se que caçava; lembrou-se da sua matilha para caititus e pacas; e deu em criar cachorros que adestrava para a caça, como se tivesse de fazer alguma.

No lugar em que morava, só havia uma espécie de caça rasteira: eram preás porém nos capinzais; mas, Simões, que era da nobre família dos Feitais de Pati e adjacências, não podia entregar-se a torneio tão vagabundo.

Como havia de empregar a sua gloriosa matilha?

À sua perversidade inata acudiu-lhe logo um alvitre: caçar os frangos e outros galináceos da vizinhança que, fortuitamente, lhe iam ter no quintal.

Era ver um frango de qualquer vizinho, imediatamente estumava a cachorrada que estraçalhava em três tempos o bicharoco.

Os vizinhos acostumados com os pacatos moradores antigos estranharam a maldade de semelhante imbecil que se fazia mudo às reclamações da pobre gente que lhe morava em torno.

Cansados com as proezas do caçador doméstico de frangos e patos resolveram por termo a elas.

Trataram de mal-assombrar a casa. Contrataram um moleque jeitoso que se metia no forro da casa, à noite e lá arrastava correntes.

Simões lembrou-se dos escravos dos seus parentes Feitais e teve remorsos. Um dia assustou-se tanto que correu espavorido para o quintal, alta noite, em trajes menores, com o falar transtornado. Os seus molossos não o conheceram e o puseram no estado em que punham os incautos frangos da vizinhança: estraçalharam-no.

Tal foi o fim de um dos últimos rebentos dos poderosos Feitais de Barra Mansa.